異世界二度目のおっさん、どう考えても高校生勇者より強い

八神凪 Yagami Nagi

Illustration 岡谷

主な登場人物
Main Characters
リク
本作の主人公。かつて勇者として魔王を倒した32歳。その力は今も健在で、頼りない高校生勇者をサポートすることに。
リーチェ
リクによって創られた人工精霊。リクの相棒とも言える存在。
エピカリス姫
フウタたちを異世界に召喚した人物。

カナ
勇者として異世界に召喚
された高校生その2。
気の強いギャル。
ミズキ
勇者召喚に巻き込まれたフウタ、
カナの幼馴染。
落ち着いた性格のインドア派。
フウタ
勇者として異世界に召喚
された高校生その1。
弱気になりがちだが、芯の
ある気質。

第一章　誘《いざな》われる四人

「はい、はい！　そうでございます……ははー、ありがとうございます!!」

「せ、先輩……」

「はい、それでは失礼いたします……!!」

俺はそう言って電話を切ると、心配して覗き込んでいた後輩の女の子が視界から消えた。

「どうだった？」

どぎつい油顔を近づけて尋《たず》ねてきた課長に対して、俺は汗を拭《ぬぐ》いながらサムズアップをする。

するとその瞬間、課長と固唾《かたず》を呑《の》んで見守っていた他の同僚《どうりょう》が歓声《かんせい》を上げて、部署《ぶしょ》全体がお祭り騒ぎになった。

「ふう……」

「お疲れ様です、高柳《たかやなぎ》さん」

「ったく、勘弁《かんべん》してほしいぜ。相当怒ってたけどなんとかなった」

「今日はお祝いしましょう！」

――俺、『高柳陸《りく》』は本日、とても恐ろしいと噂《うわさ》の社長さんに謝罪の電話連絡を入れて、今ようやく終わったところだ。

なぜか？

後輩社員の納品ミスでお叱《しか》りを受けたからである。

元々、俺が担当していたお客様だったが、業務《ぎょうむ》拡大《かくだい》で後輩に引き継いだ。その後輩がゼロを一個多く入力した注文書を作ったってわけ。

……物語の話だと思っていたが、事実は小説よりも奇なりだな。

そんなわけで前担当の俺がかなーり謝り倒してなんとか許しを貰《もら》ったわけである。

相当値切られてしまったが、取引中止にならなかったのは良かった。

危機を回避した後は通常業務をこなして一日が終わる。

「今日は行くのか？」

一通り自分の仕事を終えた俺は、納品ミスを起こした例の後輩の女子に話しかけた。

「あー……すみません、残業になっちゃいました……」

「はは、それじゃ。また今度な」

「そこは手伝うって言ってくれるところでは!?」

「私は昼間の電話で疲弊《ひへい》しているのだよ、明智《あけち》君……」

「うう、ごめんなさい……」

「ま、頑張ってくれ、またな」

と、飲み約束をしていた後輩女子にため息を吐くと、笑いながら謝られた。

今日は花の金曜日で、残業終わりを待てるほどの余裕はないのだ。俺は課内の人間に挨拶《あいさつ》をしてから陽《ひ》が落ちた繁華街《はんかがい》へ繰り出していく。

可愛い後輩と飲みたかったが、今度の楽しみにしよう。

「さて、と、なら居酒屋に行くか」

俺はいつもの店に足を運ぶかと進路を決める。

明日は休みってのもあって、高校生や大学生がウロウロしているな。ゲーセンやカラオケにカフェを横目に懐かしいもんだなと思いながら歩く。

まあ俺の場合は――

「ご飯はどうする？　食べて帰るよね」

「母さんの帰りが遅くて、父さんは外食予定だし、そうするよ」

「なら、あそこいかない？」

「いいよ」

前を歩く学生カップルが放課後のプランを話しているのが聞こえてきて、頬《ほお》が緩《ゆる》む。

若いってのはいいね。

俺はといえば、ぼっち臭《しゅう》ただようおっさんなので浮ついた話の一つもない。

「ひとり寂しく居酒屋がお似合いですよ、と」

ま、人それぞれってことで……。

「な、なんだ……!?」

「ん？」

その時、前を歩く男子生徒が変な声を上げたので視線を向けると、カップルの足元に紫色《むらさきいろ》の魔《ま》法陣《ほうじん》が現れていた。

「な、なによこれ……！　う、動けない、なんでぇ!?」

困惑する女子生徒が叫ぶも、その場で固まったように身動きが取れないようだ。

――この感覚は!?

すぐに離れなければ、という思いと、あの二人を助けなければという考えが頭をよぎった瞬間、カップルの斜《なな》め後ろを歩いていた眼鏡《めがね》の女子生徒が、二人を助けようと魔法陣に足を踏み入れるのが見えた。

「か、夏那《かな》ちゃん……！」

「水樹《みずき》！」

「なん、だ……意識が……遠くなっていく……」

「馬鹿《ばか》……！　お前だけでも離れろ!!」

俺は高校生を救うため、声を上げながら魔法陣へと走る。

「え!?」

そこで魔法陣がさらに光り輝き、眼鏡の女子生徒が中心に引きずられていく。

「手を伸ばせ！」

「は、はい！」

チッ!?　眼鏡の女の子の手は掴《つか》めたがこれじゃ間に合わん……！　このままじゃ俺も巻き込まれ

る、離脱しないと――

――巻き込まれた。

◆　◇　◆

俺は何も聞こえない暗闇の中で、体を回されているような感覚を受けながら胸中で舌打ちをする。

この気持ち悪い感覚には覚えがあり、俺は高校二年生の時に似た経験をしたことがある。

後はこのまま待つしかない。

そこで手をぐっと握られ、そういやさっき眼鏡の女子生徒の手を取ったことを思い出す。

俺よりも学生組の方が不安、だな。

ここは『先輩』として肝《きも》を据《す》えて行くしかねえ……か。

力強く握られる手を握り返して終わりが来るのを待つ。

「眩《まぶ》しい……！」

男子生徒の声が聞こえたその時、音が帰ってきた。

「ああ、異世界の勇者様！　お待ちしておりました!!」

視界が真っ白になった瞬間、甘ったるい女性の声が聞こえてくる。

さて、早速『勇者様』ときたか。

ロクなことにならないなと思いつつ片ひざを突いて目を開けると、高校生組が尻もちをついたまま頭を振っているのが見えた。

「う……？」

「な、なに……ここ……」

「え、え……？　勇者……？」

「ええ、その通りですわ。わたくしの名はエピカリス。ロカリスという国の姫で執政《しっせい》をしております。そしてあなた達をこの世界へ召喚《しょうかん》した者です！」

「……」

やっぱりか。と俺は目を細めて周囲を確認すると、窓はなく地下室のような場所で、司祭風の格好をした男が五人ほど控《ひか》えているのが視界に入る。

どういう話をしてくるか……とりあえずそこを聞くまではだんまりでいこう。まあ、あの時と同じような話になるだろうが……。

そう思っていると、甘ったるい声のお姫さんとやらが説明を始める。

「あなた方をこの世界へ召喚したのはお願いがあってのこと。今、この世界は魔王とその配下の魔物達に支配されつつあります」

「あ？　は？　え？　な、なにかのイベント？　勇者？」

「ま、魔王ってゲームじゃないんだから……」

「混乱するのも無理はありません……ですが、もうわたくし達に頼れるのは勇者のお二人のみ。魔王を倒していただきたいのです！」

「「ええー……？」」

そう言ってカップルに詰め寄る姫さんの訴《うった》えは勝手が過ぎる。

とはいえ、異世界から人を召喚する理由なんてのはいつもそんなもんで、自分達の手に負えない存在を倒すとか、異世界の知識を得るためみたいな感じだ。前者は倒さなければ戻れない、後者については、ほとんど奴隷《どれい》みたいな扱いってのを聞いたことがある。

なんでそんなことが言えるかって？

……それは俺自身が過去に異世界へ召喚されたことがあるからだ。

十数年前、高校二年だったその時も、世界を崩壊《ほうかい》させようとしている魔王を倒してくれとか言われた。

魔法を操り、剣を振って敵を倒す――

召喚された時は興奮したものだが、実際は人間を殺すことになったりして陰鬱《いんうつ》な気分になった。

魔王も可哀想《かわいそう》なヤツだったが、無事、討伐に成功して、元の世界へと戻ることができた。

向こうには仲間もいっぱい居たし、恋人も……居た。

だけど俺は日本に戻った。いや、戻されたというべきか……さよならを告げる暇《ひま》もなく。

……異世界召喚なんてロクなものじゃない。

高校生《こいつら》を同じ目に遭わせるわけには、いかん。それが先輩としてやれることだろう。

俺がそんなことを思っていると、男子生徒がおどおどと口を開いた。

「い、いきなりそんなことを言われても……僕達、ただの高校生で……」

「大丈夫ですわ。異世界から召喚された人間はこの世界の者より能力が高いと言われています。少し鍛《きた》えれば、お二人はすぐに魔王を倒すことができるかと」

「ま、マジなの……？　って、さっきから二人だって言ってるけど、この子とあのおっさんはどうなのよ？」

「か、夏那ちゃん、落ち着いて……」

「落ち着けるわけないわ⁉　わけも分からないままこんなところに召喚されて、こっちの都合はお構いなしじゃない。あんたも怒った方がいいわよ！」

気の強そうな女の子は意外と冷静だな。あの姫さんの煽《おだ》てには乗らず、向こうの都合だけで召喚してきたことに腹を立てているのは実にいい。

男の方は、っと。

「……確かに夏那の言う通りですね。僕達にメリットがなく一方的にそんなことを言われても、とは思います。逆の立場ならどう思われますか？」

オッケー、合格点をやろう。

そう、ここは向こうに主導権を渡さないことが大切だ。

俺の時と違い、一人で召喚されなかったのが良かったみたいだな。冷静になれるのと、男が女を守らねばって気になるのはいいよね！

……と、親心を出している場合じゃねえな。実際、あの気が強い女子の言う通り、ここに呼んだのは『二人』であって、俺と眼鏡っ娘《こ》は対象外というのが気になる。

そんなことを考えていると、エピカリスが演技じみた声で口を開いた。

「こちらとしても心苦しいのですが、ええっと、お名前を聞かせていただいても？」

「僕は奥寺風太《おくでらふうた》といいます」

「緋村《ひむら》夏那よ」

「……フウタ様にカナ様、残念ですがこちらのお二人はなんの力もない方になります。戦いに出ることは難しいでしょう。かといって元の世界にお戻しするのは魔王を倒してからになりますし……」

ふん、なるほどな。

これは間違えて召喚したわけじゃねえな。おそらくあの二人が『勇者』ってのは本当だろう。眼鏡っ娘と俺になんの力もないかは疑わしいが、この後のセリフは分かる。

多分『お城で保護させていただきますわ』だろうな。

「とはいえ、こちらの不備ですので、元の世界に戻るまでお城にて保護させていただきたく思います。もちろん丁重《ていちょう》に」

「そ、そう、それならいいけど……」

ほーらそうだった!!　だよな、俺はともかく、勇者とは顔見知りっぽい眼鏡っ娘を手元に置いておかない理由はない。

なぜか？

よく考えてほしい。

魔王を倒すために異世界人を召喚したわけだが、その召喚した人間は『自分達に手に負えない相手を倒せる』。

ということはこの世界で一番強い存在になるってことだ。そんな存在が大人しく言うことを聞くだろうか？　答えはノーだ。

とはいえ魔王を倒すまで戻れないと言われれば従うかもしれないので、高校生達がそこに気づくかどうかは微妙なところ。

しかし、保険として『人質《ひとじち》』が居れば確実に従うだろう？

そう、俺と眼鏡っ娘は人質なのだ。

さすがに高校生カップルも、勇者ではない雑魚《ざこ》だと言われた知り合いを連れて旅には出ないだろう。

もし、人質を置いて行く場合、召喚者の指示に逆らうことは難しい。つまり、人質を用意することで途中で逃げ出せないようにするという算段だ。

するとそこで風太が口を開く。

「それは僕達でないとダメなんですか？　いきなりそんなことを言われても困りますし、家族も心配すると思います。できれば戻してもらって、他の人を召喚、ということはできませんか？」

ま、当然の主張だよな。

興味がなければこんなことに付き合う必要はない。

「残念ですが……お二人は『選ばれた存在』。替えは利《き》きませんし、申し上げた通り、元の世界に戻るためには魔王を討《う》ち滅《ほろ》ぼしてからだけになります」

そこで眼鏡っ娘がおずおずと口を開いた。

「それは……どうしてでしょう？　一方通行ということはないのでは？　ひっ⁉」

エピカリスに鋭《するど》く睨《にら》みつけられ、眼鏡っ娘が小さく悲鳴を上げた。

「……そう言い伝えがあるのです。わたくし達は『窮地《きゅうち》に陥《おちい》れば異世界人を召喚する』という伝承に則《のっと》っているだけにすぎませんわ。お願いします……魔王軍に操られている隣国を倒してくださらないでしょうか‼」

「……」

「風太……」

学生組は難しい顔をして黙り込んでしまった。

向こうが出してくるカードは現状これくらいだろうなと俺は立ち上がる。それから襟《えり》を正し、ネクタイを締め直して、頭を下げてから姫さんへと告げる。

「私の名前は高柳陸と申します。お話はだいたい分かりました。しかし彼らもいきなりのことで混乱していると思います。ここはひとまず落ち着ける部屋などをご用意いただけると助かります」

「……」

ひゅう、冷たい視線ですこと。勇者以外はマジでゴミ扱いかね？

だが、こんな小娘に怯《ひる》む必要はないので視線を逸《そ》らさず見ていると、渋々《しぶしぶ》といった感じで口を開く。

「……リク様のおっしゃる通りかもしれませんわね。わたくし達も初めて召喚に成功した興奮でそちらのことを考えていませんでしたわ。ヨーム、この方達をゲストルームへ。丁重に、ですよ？」

エピカリスがそう言うと、そばで待機していた男が立ち上がった。

「ハッ、お任せください。皆様、こちらへ」

「いや、僕達は……」

俺は焦《あせ》る風太に近づいて小声で言う。

「(気持ちは分かるが今は焦るな。とりあえず俺達だけで話ができる場所の確保が先だ)」

「え？　……はい」

察してくれるいい子だぜ。

彼女はギャルっぽいのに彼氏のこいつは真面目そうだな。まあこういう性格だと言いくるめられる可能性が高いから、あの気の強そうな彼女はバランスがいいのかもしれない。

「……っと」

背中に寒いものを感じて振り返ると、エピカリスが不機嫌《ふきげん》そうな目でこちらを見ていた。

ふん、腹になにか抱えているって顔だぜ？

だが相手にはしていられないと俺はすぐに前を向いて、ヨームと呼ばれた男についていく。

召喚された場所はやはり地下室だったようで、蝋燭《ろうそく》で照らされていた部屋の扉を出て階段を上がった。窓の外に目を向けると暗い夜空に青い月が見え、ここは前に召喚された世界ではないことを知らせてくれる。

せめて同じ世界なら知り合いが居たんだが、と胸中で呟《つぶや》きながらため息を吐く。

女の子二人は黙ったまま風太の後ろにつき、俺はさらにその後を追うように歩いていき、ほどなくしてとある部屋へ通された。

「ここでお待ちください。姫様がお呼びになったら応じるように」

「へいへい、分かってますよ」

「……ふん、勇者でもない平民が」

最後尾の俺にしか聞こえないような小声で悪態《あくたい》をついたヨームの背中に舌を出して、扉をロックする。

「あの、ありがとうございます……高柳さん、でしたっけ？」

「おお、とりあえず災難だったなあ。そっちの二人も少し休んだ方がいい」

「あ、うん……」

「あ、ありがとうございます……」

「なあに、礼はいらねえ。この後、俺はお前達を利用するんだからな」

俺がどっかりとソファに腰を埋《うず》めながらそう言い放つと、風太が眉《まゆ》を顰《ひそ》めて口を開く。

「利用、ですか？　僕達を利用できるような環境とは思えないんですけど……」

「分かった！　えっちなことを考えているのよ！　おっさんはこれだから！」

「女子高生に興味はある！　……けど、今はそれどころじゃねえ」

「あはは……否定はしないんですね。あ、私は江湖原水樹《えこはらみずき》です」

苦笑する眼鏡っ娘こと水樹ちゃん。

冗談だと分かってくれているのか、ギャルっぽい女の子の夏那も肩を竦《すく》めて笑っていた。

……ま、二人とも歩いている時に膝《ひざ》が震えていたから虚勢《きょせい》だってのは分かってる。少しでも緊張がほぐれれば幸いだ。

「それじゃ作戦会議といきますか」

俺は手をパンと打ってから前かがみになってにやりと笑う。

「作戦会議……？」

「ああ、この世界で生き抜いていくためにな。お前達だってこんなところで死にたくはねえだろ」

「あ、当たり前よ！」

夏那が困惑の表情を見せながら声を荒らげる。

そこで俺は唇《くちびる》に人差し指を立ててから口を開く。

「とりあえず、この部屋が盗聴《とうちょう》されてないかチェックするぜ。魔法が使えれば――」

「ま、魔法？」

俺は目を閉じて体に魔力が流れているかを確認する……。

……なるほど、世界は違っても仕組み自体は変わらないらしい。久しぶりの感覚に少し楽しくなってきた俺は、全身に魔力を巡《めぐ》らせて魔法を口にする。

「〈看破の耳《ノイズキャンセラー》〉」

その瞬間、耳に魔力が集中する。

口で説明するのは難しいが、なにか盗聴魔法などの問題があれば、隙間風《すきまかぜ》を感じるのと同じような感覚になる。

「ど、どうですか？」

「……とりあえず、この部屋は問題なさそうだ。まあ、召喚したのは初めてだって言ってたのと、自分達が優位に立っていると思い込んでいるだろうからこんなもんだろ」

「えっと、随分冷静ですけどあなたはいったい……？」

「よくぞ聞いてくれた風太。俺はお前達くらいの歳に、ここは違う異世界で勇者をやっていたことがある。あ、これ名刺《めいし》な」

さっとビジネスカバンから名刺を取り出して三人に渡す。

夏那が眉を顰めて名刺と顔を見比べているところに、水樹ちゃんがおずおずと手を挙げて俺に言う。

「あ、あの、それじゃ一度異世界に行ったことがあるってこと、ですか？」

「そういうこった。だから色んな意味で君達の先輩だな」

「マジですか……!?　そ、その時はどうしたんですか？」

「あー……それについてはまた今度だ。とりあえず今後のことを話したい」

真面目な顔でそう告げると、夏那が『信じられない』と口を開く。

「今、魔法っぽいことしたけどあたし達には分からなかったわ。厨二病《ちゅうにびょう》をこじらせたおっさんにも見えるんだけど？」

「ああ、証拠《しょうこ》が欲しいのか。確かにあれじゃ痛いおっさんだもんな」

「ま、まあね」

俺が笑うとそっぽを向いてむくれる夏那。

それならともう一つ、ちょっと面白いものを出してやることにした。

「〈召喚《コール》〉」

「あ……」

こいつも別世界の魔法だが成功したみたいだな。

水をすくうような形をしている俺の両手に、淡《あわ》い光が集まっていく。

魔法が終わると、掌《てのひら》に妖精らしき小さな生き物が残り、そいつがうっすらと目を開けた。

『ん……ここ、は？』

「よう、久しぶりだな、リーチェ」

『……って、あんたリク⁉』

「しゃ、喋《しゃべ》った⁉」

いつの間にか近くにいた夏那が驚くが、お構いなしにリーチェがふわりと浮き、俺の前髪を引っ張って捲《まく》し立てる。

『魔王を倒してからいきなり居なくなって驚いたんだからね！　クレスやティリスが世界を駆け回ったけど見つから……なくて……うっ……生きてたよう……リク』

「可愛い……妖精さん、ですか？」

「こいつは人工精霊《じんこうせいれい》ってやつでな。四大元素、火・水・土・風を合成して俺が創《つく》ったんだ」

「つ、創った……⁉」

風太が目を丸くする。

まあ、ゲームとか漫画でもなかなかお目にかかれないしな、人工精霊。

「伊達《だて》に勇者をやってたわけじゃないってことだ」

『というかちょっと老《ふ》けたわね、リク。それになんか女の子を連れてるし。ティリスが見たらキレるわよ』

「あいつは元気にしているのか？」

『さあ。あんたが居なくなった後、わたしも時間と共に消えちゃったから』

まあさすがに結婚しているだろうな、クレスあたりならイケメンだしお似合いだと思う。

と、感傷《かんしょう》に浸《ひた》っている暇はないか。

「とりあえずこれで信用してもらえるかな？」

「うわ、凄い……めちゃくちゃ可愛いわね、自我があるのがまたガチね」

『あら、ありがと。あなたも可愛いと思うわ』

「ふふ、上手ね！　気に入ったわ。とりあえず、リクが勇者って本当？」

『ええ、かなり強かったわよ。機転《きてん》も利くし』

リーチェが得意げに返すと、夏那は俺を見て『ふーん』と呟いた後に続ける。

「オッケー、目で見たものは信じることにしてるの。あたしはリクの話に乗るわ」

「僕も異議なしかな」

「わ、私もです！」

「よし、話が早く進んで助かるぜ。とりあえず俺が魔法を使えることが分かったから、スマホを改造するぞ。三人とも出してくれ」

なんで？　という顔をしていたが素直に従ってくれるので、リーチェはいい仕事をしてくれたと思う。

「誰でもいいから通話してみてくれ」

「ん、じゃあ水樹にかけてみるわ。……繋がらないわね」

「ああ、電波はこっちにないから当然だな。それじゃこいつを改造する。〈変貌《アナザー》〉……今度はどうだ？」

俺は口元に笑みを浮かべてそう促《うなが》し、恐る恐る女子二人が通話をすると――

「……⁉　聞こえる、使えるわこれ⁉」

「凄い……どうなってるんだろ……」

「多分アプリも使えるようになっているはずだ。それじゃあ俺と連絡先を交換してくれるか？」

「まさか女子高生の連絡先が欲しくてこんなことを……！」

「違うわ⁉　これは重大な意味を持つ。いいか？　あいつらは今、俺達を舐《な》めている。この世界へ来たばっかりで右も左も分からないから、道具として使ってやる、しめしめって状態だ」

「ふんふん」

「言いすぎのような……」

「甘いぞ風太。あの姫はなんか隠している。有無を言わせず畳《たた》みかけてきたろ？　とりあえず首を縦に振らせておくって感じだろうな。最悪、隷属《れいぞく》魔法をかけられて人生終了だ」

　俺が大げさに、だが決してあり得ない話ではないことを言ってやると水樹ちゃんが体を震わすが、あまり時間もないので要点を告げる。

「まず、風太と夏那は勇者としての訓練を受けておけ。で、俺はしばらく隠れて水樹ちゃんのトレーニングをする」

「ええ？　言いなりになれってこと、ですか？」

「とりあえずはな。剣と魔法は使えた方がいい」

「トレーニングと『しばらく』ってのが気になるわね」

　夏那が口を尖《とが》らせるのを見て俺はにやりと笑う。

「いい質問だぞ、夏那」

「呼び捨て!?　まあいいけど……それで？」

「魔王を倒す、という部分に異論はないんだ。俺の時もそういう話だったしな。だけど、あの姫さんは『まず隣国を倒せ』と繰り返していたのが気になる」

　首をひねる風太に、俺は頷きつつ返す。

「魔王の配下に操られているって話していませんでした……？」

「だな。だけど勇者を隣国へ向かわせるという選択肢はあまり考えられない」

「そうなんですか？　脅威《きょうい》を取り去るために頼むものじゃ……」

　風太の言うことも分かるが、それはゲームや漫画のおつかいクエストって感じで、今回のケースは違うと俺は見ている。

『魔王を倒すのはついでで、実のところ隣国をどうにかしろ』というのが本音だろう。

「……真面目な話、隣国が魔王軍に乗っ取られているかどうかも半信半疑だ。目障《めざわ》りな隣国を潰《つぶ》すために魔王より強い勇者を召喚した、ってことも考えられる」

「じゃ、じゃああたし達、人間と戦わされるってこと……」

『なーによ、リクもあなた達くらいの時には戦ってたわよ？』

リーチェの言葉を受けて俺を見ながら、三人の顔が一気に青くなる。現状をきっちり把握《はあく》したようだ。

俺の時と違い、一人で喚《よ》ばれたわけではないのが幸いかもしれない。ああ、俺が居たからってわけじゃなく同級生が居ることだ。

女子を嫌でも守らざるを得ないだろうから、風太は頑張るだろうし。

それはともかく、話の続きといこう。

「ということで、このまま話が進めばお前達は国同士の争いに巻き込まれる。なので、少し俺が暗《あん》躍《やく》をしようと思う」

「どうするんですか？」

「多分、風太と夏那ちゃんは少し修業すれば強くなるだろう。前の俺と同じと考えれば、一か月くらいで魔物を倒せるようになるんじゃないかな？　というわけで、修業は続けてくれ」

「わ、私は？」

「水樹ちゃんは一か月だけ俺とこっそり魔法の訓練をしてもらいたい。あいつらは水樹ちゃんと俺を役立たずだと思っているが、おそらく君も魔法が使えるはずだから身を守れるようにしよう」

とりあえず前の異世界で鍛えた能力を活用できて、それを教えられるのは僥倖《ぎょうこう》だと思う。

すると風太が手を挙げて質問を投げかけてきた。

「一か月だけなんですか？」

「ああ。三人には悪いが、水樹ちゃんがある程度いけると判断したら、その後、俺はこの国を一度出る」

「はあ!? あんた逃げるの!?」

「落ち着け夏那ちゃん。本当に魔王に操られているのか、隣国の様子を見に行こうと思ってんだ。自分の目で見なきゃ敵かどうか判断つかないだろう？ だから俺が偵察《ていさつ》に出るってわけさ。でもお前達はおそらく実戦……すなわち戦争が起きるまでは外に出されないと思う」

「で、でも、その間はどうすれば……」

「あ、それでスマホ？」

夏那のひらめきに笑顔で頷く俺。

これで連絡は取れると……思いたい。〈変貌《アナザー》〉で使えるように変えたが、正直なところ、スマホを改造したのは初めてだしどこまで万能になるかは分からない。

ただ安心感はあるだろうから、やっておいて損はなかったはずだ。

「なにかあればそれで連絡を頼む」

『転移魔法の〈跳躍《リムーブ》〉は？』

「……さっきからやってるんだが、使えない。世界が違うから『軸《じく》』が合わないんじゃないか？」

「転移魔法……って自由に移動できる魔法ですよね？　うーん、魔法でさっと戻ってきてくれると嬉しかったんだけどなあ……」

風太が微妙な表情を浮かべながらそう言ったので、それはそれでやつらを警戒させることになるからと苦笑して俺は話を締めた。

あくまでも俺は『一般人』として、力はなるべく隠す必要がある。いきなり城の連中を蹴散らすのもありだが、俺がどこまでやれるのか確かめないと暴れるのは難しい。

なんでかって？

そりゃあ前の世界じゃほぼ最強だったけど、この世界でもそうとは限らないだろ？

「はあ……大変だ……なんでこんなことに……」

「異世界に召喚されるのは本当に急だからなあ」

「あんたが学生だった頃はどうだったの？　……って、ちょ⁉」

俺はチェックのため、風の魔法で腕を切り裂きながら答える。

「あー、一人だったぞ。ワクワクしたけど、実際に冒険へ出てみるとそれどころじゃなかったな」

血が出たところで夏那が叫ぶが、問題ないとばかりに回復魔法を使う。

「〈妖精の息吹《ミドルヒール》〉」

「あ、傷がなくなっていく……回復魔法というやつですね」

「その通り。水樹ちゃんなかなか鋭いな。これが使えるかどうかは重要だからな」

「なんかよく分かんないけどおっさん……リクを見てたら少し安心できたわ。よろしくね」

「よろしくお願いします。リクさん」

「おう、全員で元の世界に戻りたいしな」

「そう、ですね……」

水樹ちゃんが落ち込み、俺と風太、夏那は顔を見合わせて肩を竦める。

「まだあいつらも来ないし、お前達のことも教えてくれよ。お互いのことを知っていてもいいだろ？」

俺は自己紹介でもしとくかと提案を口にした。おっさんは気を遣《つか》う生き物なんだよな……。

「女子二人の制服は同じだから分かるとして、風太も同じ学校なのか？」

「はい。僕達が巻き込まれた繁華街から歩いてすぐのところにある高校ですね」

話を聞くと、この三人は家が近所らしく高校二年生とのことだ。

小学生から一緒で、高校も近いからって理由で選んだらしい。

ちなみに風太はさわやか系イケメンで、夏那はさっきも言った通りギャルっぽい感じ。で、眼鏡っ娘の水樹ちゃんというラインナップ。

風太は一見バスケとかサッカーをやってそうだけどスポーツは苦手らしい。ただ走ることは好きでジョギングなどを嗜《たしな》む。性格は大人しい……けど、姫さんとのやりとりを見る限り、流されるようなタイプではないので芯《しん》はありそうだ。

夏那は見た目通りの茶髪ギャルで、なんていうんだあの髪型？　サイドテール？　を揺らす今どきの女子高生だ。

最後に水樹ちゃんだが、こっちは風太と違ってガチの地味っ子で引っ込み思案《じあん》。趣味は読書と編《あ》み物《もの》というザ・インドア派である。家が厳しく、中学までは弓道をやっていたらしい。

召喚される前、水樹ちゃんが少し離れて歩いていたのは、地味な自分が一緒だと人の目が気になるから、ということだそうで自覚もあるらしい。長いロングヘアはキレイだが、前髪で目が隠れがちなので気分も下がりそうだ。

そんな三人に俺は若干困った顔で告げる。

「サンキュー。で、風太はどっちが好きなんだ？」

「は!?　い、いや、こういうところで言うものじゃないでしょ……」

「ちょっと!!　なんてこと訊《き》いてんのよ!!」

あからさまに取り乱す風太と、顔を赤くして俺の背中を叩く夏那。

「ははは、少し意地悪だったが、真面目な話ちゃんと伝えておいた方がいいぞ。帰れるように尽力するけど、ダメな場合もある」

「え……」

とたんに背中を叩くのをやめて顔を曇《くも》らせる夏那。風太は真意を聞きたそうに俺の目を見て口を噤《つぐ》む。

「……魔物にしても人間にしても、戦いとなればごっこ遊びとは違って殺し合いになる。酷《こく》なようだが死ぬかもしれない。だから言えるうちに口にしないとな。直接じゃないと伝わらないものってあるから」

『……あんたが言えたこと？』

「だからだよ」

リーチェの言いたいことは分かるが、あえて言及せずに返事だけしておく。

あいつのことだろうけど仕方がないことだしな。

「あの、今度はリクさんの話を聞かせてもらえませんか？　僕達と同じくらいの時に異世界へ行ったって」

「ん……あんまり面白い話じゃねえけど、こうなったのもなにかの縁か。いいぜ——」

俺は少しだけ話すことにし、ソファに背を預け、夏那と水樹ちゃんが風太と同じソファに座るのを見てから、頭の後ろで手を組み、天井を仰《あお》ぎながらどこから話すか考える。

「まずは召喚された時のことか？」

『あたしも知らないから気になるかもー』

「そうなんだ？」

『旅の途中で創られたからね。あ、ちょっと肩を借りるわね』

「ふふ、どうぞ」

リーチェが図々《ずうずう》しくも水樹ちゃんの肩にちょこんと座り、俺の話を待つ態勢になった。

とりあえず頭ん中で時系列をまとめて話をする。

まず、召喚されたのは十七歳の時だったこと、勇者として魔王を倒せと言われ興奮して承諾《しょうだく》したこと、最初の一か月に及ぶ修業がかなりきつかったことなどを口にする。

「宮廷《きゅうてい》魔法使いってのがまたイラっとする奴でな……ああしろこうしろってうるさいんだマジで。イケメンってのがまた腹立つ」

「あはは、嫌な人だったのね！」

「だけど奴の教え方は上手かった。俺が一か月で魔法を使えるようになったのはレオールのおかげなんだ」

「厳しいのは相手を思ってのことなんですかね」

苦笑する風太に、肩を竦めて『結果オーライ』って感じだと笑っておく。まあ、厳しかったのは間違いないが、あれで俺の甘い意識を変えてくれたのは確かだしな。

次に初めての戦いについて語る。

「最初は模擬戦《もぎせん》で人間相手に戦っていたけど、部活には入っていなかったから俺はすこぶる体力がなかった。それっぽい……それこそ漫画とかアニメみたいな動きをしてみるが体が追いつかないって感じだな」

「リクさんが……フフ」

「笑ってくれるな、水樹ちゃん……若かったんだ……」

『でも強かったじゃない』

「そりゃあお前を作った時は最盛期だったし。魔王の側近を五人倒してたくらいだからな」

「そっか、魔王だけじゃないんだ」

「で、魔物を倒したって話だけどよ、だいたい動物に似ているのが多くて、蛇《へび》とか昆虫《こんちゅう》系はなんとかなったんだが、犬とか猫に似ていたやつは辛かったな」

水樹ちゃんが悲しそうな顔になる。どっちかが好きなのだろうが、犬好きの俺は狼《おおかみ》を倒すのが大変だったな。

「そういやファングは元気してんのかな」

「ファング？」

『ああ、テイムした狼《おおかみ》の魔物で、子狼の時に拾って仲間にしたらしいのよ。めちゃくちゃ懐《なつ》いてたわ』

「へえ、狼ってかっこいいわね」

『ティリスが連れて行ってたから贅沢《ぜいたく》な暮らしをしてるんじゃない？』

「だといいな……次は――」

次の話を語ろうとすると、夏那が目を細めながら手を振る。

「ね、さっきから聞くティリスって誰なのよ？　あんたの彼女だった人？」

「ああ、それは――」

と、返そうとしたところで扉がノックされ、俺達はそっちに意識を持っていかれた。

「残念だがタイムオーバーだな。……どうぞ」

「失礼します」

さて、向こうは向こうでなにか話し合いをしたはずだが、なんて言ってくるか――

◆◇◆

リク達を部屋へ連れて行ったヨームは、エピカリスの下《もと》へ戻り報告をしていた。

「エピカリス様、ご指示通り部屋へ案内してきました」

「ご苦労様。どう、彼らの様子は？」

「困惑している様子です」

「結構。こちらが優位に立たねばなりません。少ししたらお茶に呼び、そこで一気にこちら側に引き入れておきましょう」

エピカリスは口元に指を当てて微笑む。

目論見《もくろみ》通り、勇者を召喚することに成功したことによる喜びか、隣国を倒せるという望みが叶うからか、それは本人にしか分からない。

「しかし、あのような子供に魔王が倒せるのでしょうか？」

「どうかしらね？　まあ少しは戦力になるでしょう」

「は、はあ……私としては子供にできるとは……」

「なにを言うのですか。彼らには力があり、わたくし達にできないことができるのですよ？　召喚の伝承を疑うと言うのですか？」

「い、いえ……」

ヨームが焦る様子を見てエピカリスは満足げに微笑む。

「あなたはわたくしがやることに賛同するだけでいいのです」

「……はっ」

「実際、できるかどうかは二の次でいいのです。『勇者が居る』、この事実が我が国に浸透《しんとう》すれば士気が高まり、そして隣国に伝われば畏怖《いふ》してもらえる……これは楔《くさび》なのです」

そう宣言するエピカリスに迷いはなく、これが『正しいこと』であると確信めいた口ぶりだ。

（理解はできるが、その『勇者』が負けた場合、士気は一気に落ちる。絶対に勝てるという自信がなければそこまで言えるはずが……いや、彼らにはそれほどの力があると考えるべき、か）

「どうしました？　なにか思うことでも――」

「い、いえ、なんでもありません！　民のためにより良い方向を目指しましょう」

ヨームは考えを振り払うように頭を動かす。

彼の忠誠《ちゅうせい》を確認したエピカリスは、部屋に置かれた砂時計に目を向けて口を開く。

「落ち着いた頃に、食堂でお茶をしながらわたくし達の現状をお話ししましょうか」

そう言って満面の笑みを見せた――

◆　◇　◆

――さて、どんな話をしてくれるのかねえと、俺は最後尾について廊下を歩く。

だいたいロクな話でもない……ってことはないだろう。現状、あいつらは風太と夏那には心証を良くしておかないと困るはずだからな。

そして到着した場所は食堂で、そこにはお茶が用意されていた。着席した俺達はお誕生日席にいるエピカリスの話を待つ。

「お疲れのところ申し訳ありませんわ。さ、どうぞ。冷めぬうちに」

「ありがとうございます。わ、美味しそうね」

「いい匂い……」

女子二人はお茶とお菓子に目を奪われていた。その様子を嬉しそうに見ながらエピカリスが口を開く。

「勇者を喚んだ経緯《けいい》をもう少し詳しく話そうと思いまして。現在、各国は魔王配下の魔族に対抗し、我がロカリス王国ももちろん戦いを行っています。その状況を打破するためご協力いただきたく……」

「それなのにどうして隣国を倒そうと思ったのです？　人間同士で戦っている場合ではないのでは？」

俺と話して少し余裕ができたのか、風太がサクッと核心《かくしん》を突いてくれる。

まあ、〈集中《コンセントレーション》〉という魔法をかけておいたのもあるけどな。

「フウタ様のおっしゃることはもっともですわ。しかし、隣国のエラトリアとの協議が決裂《けつれつ》してから、わたくし達ロカリスとは冷戦状態……このままでは食料や物資にも不安が残ります」

「なるほど、それで武力をチラつかせて和解をしようとしておられるのですなー」

俺はあえて茶化《ちゃか》すように言う。

「……ふふ、部外者の方にはそう見えるかもしれませんが、わたくし達は王族。民を守らないといけないので」

「ま、確かにその通りですねえ」

「リクさん、失礼ですよ……」

水樹ちゃんが窘《たしな》めてくるが俺は適当にウインクをして誤魔化《ごまか》す。上手くできたかは分からないが、夏那の呆れた顔を見る限り失敗していそうだ。

「なら、話し合いで解決すればいいんじゃないですか？　リクじゃないけど、より強い力で押さえつけると憎しみしか残らないっていうか」

「ええ、それはカナ様の言う通り……なので、勇者様には牽制《けんせい》をお願いしたいと思っています」

「直接、戦うことがなければまあ……行くところも、ありませんし……」

風太が困った顔でお茶を飲みながらそう言うと、それはエピカリスの満足のいく答えだったらしく、彼女は笑顔で頷いていた。

「そうですわね。まずはお二人に力を付けていただかねばなりません。大丈夫、この国には勇者様を完璧《かんぺき》にバックアップする準備がありますので」

「でなきゃ困るわよ、こっちはいきなり呼ばれて『戦え』なんて言われているわけだもの。そっちの都合を通すなら、あたし達をしっかり養《やしな》ってよね」

「ふふ、覚えておきますわ……。お話はこれくらいにしましょうか。わたくし達の現状と召喚した理由を聞いていただきたかったので。後はお部屋をご用意しますから夕食までおくつろぎくださいませ」

「は、はい……」

そんな感じで一方的な話は終わり、最初に聞いたことより少しだけ状況が把握できた。

ただし、情報を小出しにして、必要ではない不都合なことは話さないといった感があったので、あの姫さんは賢《かしこ》いといえるだろう。

俺が召喚された時の相手は天然《てんねん》のお姫様だったからなあ……むしろ周りが困っていたくらいだ。

っと、部屋はどうするかな？

そう思っていると風太が手を挙げて口を開く。

「部屋は二人部屋で。僕とリクさん、夏那と水樹で。一人部屋はやっぱり不安ですから」

「……そう、ですわね。そのように手配させていただきますわ」

オッケー、上出来だ風太。

後は水樹ちゃんに魔法を教えて、俺があの姫さんにどれだけ嫌われるかが鍵《かぎ》だな。

まあ話している最中、俺と水樹ちゃんには目も合わせなかったから、それ自体は簡単そうだがな。

お茶会の後、部屋に全員を集めた俺はとりあえずの忠告をすることにした。

「集まれー」

「はい。……いてっ!?」

「なによ？　あいた⁉」

「ひゃん⁉」

軽くだが全員の脳天《のうてん》にチョップを食らわしてから話を続ける。

「なにするのよ！」

「さっきのお茶会のことだ。信用できない相手が出してくれた物を安易に口にするな。なにを仕込まれているか分からないからな」

「ええ？　そこまで警戒しないといけないの？」

夏那が眉を顰めてそう口にするが、俺は顔の前で指をチッチッと振ってから鼻先に突き付けて答える。

「ここならまだいいけど、外の世界に出てみろ。若い女ってのは高く売れるし、荒くれ者達が襲ってくることもあるんだよ。もし飲み物に睡眠薬《すいみんやく》とか媚薬《びやく》を入れられていたらどうする？　夏那ちゃんも水樹ちゃんも可愛いし、あっという間に男達の慰《なぐさ》み物だ」

「び、媚薬なんてあるんですか……？」

水樹ちゃんが青ざめているのを見て俺は無言で頷く。

実際、別の異世界で遭遇《そうぐう》した事案だと、盗賊《とうぞく》ギルドの誘拐《ゆうかい》や酒場で酔《よ》わせてからの乱暴《らんぼう》、痴漢《ちかん》に路上で……など多彩だった。

それでも女冒険者が居なくならないのは一攫千金《いっかくせんきん》狙いだった。それともう一つ理由があって、『それしかできない』って奴も多いからだ。

特に家が貧《まず》しい場合なんかそうだな。親に売られそうになったから逃げた、なんて奴もいる。

「そ、そんなことって……」

「ある。夏那ちゃんはスカートも短いし、顔も可愛い。頭が悪そうなあたり狙いどころだぞ」

「か、可愛い……って誰の頭が悪そうだってのよ⁉」

「いでっ⁉　例えだ、例え！　露出《ろしゅつ》の多い装備をする奴もいるけど、基本的に肌を出していると危ないんだよ」

「あー、そういう？　……うう、なんか服を貰えないかしら……」

「わ、私も、欲しいかも……」

「まあ、今すぐ城から放逐《ほうちく》されるわけじゃないだろうから今はそのままでいてくれ」

そう言って健康そうな夏那の足に目をやると、夏那から拳骨《げんこつ》をくらった。

ま、それくらい危機感を持ってほしいってことだが。

「ふう……酷い目に遭ったぜ」

「あ、あんたが変なこと言うからでしょ」

「あはは……」

水樹ちゃんが困ったように笑っていると、部屋の外から声が聞こえてきた。

「カナ様、ミズキ様、湯あみの準備ができました」

「湯あみ……ってお風呂か」

そこでメイドだか侍女《じじょ》だかが扉の向こうから風呂だと告げてくる。

すると夏那が俺に目を向けて『大丈夫？』と訴えてきた。

「突然のことで疲れたろ、行ってこい。ただし――」

「警戒しろってことね？　オッケー、スマホを持って入るわ。行こ、水樹」

「う、うん」

「気をつけろよ。夏那ちゃんはともかく水樹ちゃんの扱いは保証がないから守ってやれ」

「分かった！」

夏那は元気よく返事をして、水樹ちゃんの手を引いて出て行く。俺がその様子を見ていると、風太がそわそわしながら口を開く。

「大丈夫、でしょうか？」

「ああ、脅《おど》して悪かったがまだ平気だろう。夏那ちゃんに風呂を促したのは、向こうに俺達が警戒していることを悟《さと》らせないためでもあるんだよ」

「……リクさん、僕達これからどうなるんでしょうか……」

「なんとかするしかねえだろ。ま、俺ができることは手伝ってやるから、お前はお前のできることをするんだ。夏那ちゃんと水樹ちゃんを守ってやれ」

「はい……。本当に出て行くんですか？」

風太は不安げに俺を見る。

俺が一緒に居れば確かに楽にはなるだろうが、この国の人間全員を相手取るにはまだ不安だ。

そして勇者ではない俺に能力があることを知られないよう、俺は自身の能力を把握しておく必要がある。

それに隣国を調査するのは、向こうが本当に『そうなのか』を確認するためだと説明した。

「なるほど……」

「まあ、スマホがあるんだ、困ったら連絡してくれ」

「はい、ありがとうございます。魔法は、できればリクさんに教わりたい気がするんですけど……」

「形態が違うかもしれないからなあ。それで変な癖《くせ》がついて嗅《か》ぎ回られても面倒だ。水樹ちゃんへ教えるのはあくまでも防衛手段としてだからな」

そう説得してやると風太は渋々ながらも納得してくれた。

実際、どういう魔法が使えるのか？　名前は？　詠唱《えいしょう》は？　そういう情報が分かるまでは教えられないのも事実。

後は他愛《たあい》ない話をしながら風呂上がりの二人を待ち、濃い一日が終わる。

「……やれやれ、こっちの魔王はどのくらいの強さなのかねえ。倒したら戻れるとなると、また長い旅になりそうだ。倒したとして、すぐ戻されるなら――」

俺は目を閉じてため息を吐く。

あの時、俺が魔王を倒して戻った時系列は『召喚された直後』で、周りからすりゃなにも起こらなかったのと同じだ。

だけど、あの冒険や体験はなかったことにはならない。

「親しい人間を作らない方がいいのは確か、だな」

礼すらも言えずに帰った俺は寂しかったものだ。

リーチェが召喚できるとは思わなかったが、実はかなり嬉しかった。

どうなることやら……。

俺は指先からライターのように火を出しながら胸中で呟くのだった。

第二章　訓練と内部調査

――さて、あれから三日ほど経過した。

プランを練《ね》ると言った割に、姫さんは登場せず、俺達は部屋と食堂の往復《おうふく》が基本となり、たまに庭へ出てよいということで歩かせてもらっていた。

とはいえ、風太と夏那の二人は『期待』されているので問題ないが、俺と水樹ちゃんは冷たい視線を受ける。

なので二日目の時点で風太と夏那だけで城を徘徊《はいかい》してもらい、俺と水樹ちゃんは当初の予定を早めて部屋の中で訓練を開始することにした。まあ、要するに好都合だったってことだ。

「それじゃ、適当に散歩してくるわね」

「また後で」

「おう、気をつけてな」

「またね」

「水樹に変なことするんじゃないわよ？」

夏那が笑いながらそんなことを言って出て行く。まだ知り合って三日程度だが、信用を得ることはできたようでホッとする。

ここで変に関係がこじれると、つまんない死に方をしちまう可能性が高いからな……。

「リクさん？」

「ん、ああ、ちょっと考え事をしていた。じゃ、今日も魔力を使うところからスタートしよう」

『まどろっこしいわねえ』

「仕方ないだろ、おおっぴらにやるわけにもいかないしな」

「リーチェちゃんも外に出られないからつまらないよね」

『あんたは呑気《のんき》すぎるのよミズキ！　もうちょっと緊張感を持ちなさい！』

リーチェが水樹ちゃんの鼻先でぷんすかと怒り、フラストレーションのはけ口にしていた。

実際、リーチェを城の奴に見られたら、なんと言われるか分かったもんじゃない。

「ま、お前はそのうち、俺と出て行くからいいだろ？　それじゃ昨日の続きだ。魔力を手に集めてイメージを」

「はい……！　むむむ……」

昨日、基礎《きそ》を教えたが彼女は水や氷と相性がいいようだ。四大元素である火・水・土・風の出し方をレクチャーしたんだが、一番上手くできたのがコップに水を出すということだった。

……初日でそれができるとは思わなかったのは内緒《ないしょ》だ。

現地人や、俺のように最初から勇者としての素質があるなら、なんとなくできるものだと理解できるのだが、彼女はそういうのがなくとも俺の説明だけで水を出せたのだ。

実は彼女も勇者として喚ばれた可能性もあって、あの姫さんが勘違《かんちが》いしているかもしれないという推測が立ったが、とりあえずそれはいいだろう。

『今日はどうするの？　攻撃魔法いっちゃう？　〈水弾《アクアバレット》〉とか』

「かっこいい……！　私、そういうのが出てくる小説とか好きなんです」

「あれ、意外とノリ気？」

「はい！　先生、続きを」

水樹ちゃんのいつもの大人しい雰囲気はなりをひそめ、目が輝いていた。俺は苦笑しながら続ける。

「なら、俺が知っている魔法を使えるようにしておくかな。得意ではなくても他の元素も使えるようにしないといけねえ」

「そうなんですか？」

「……こういっちゃなんだが、奴らが水樹ちゃんをどっかのタイミングで捨てる可能性もある。その時、土魔法で穴を掘《ほ》って住処《すみか》にしたり、火を熾《おこ》したりできれば助かるだろ」

「……あり得る、でしょうか……」

「風太と夏那ちゃん次第ってのもある。あの二人が役に立たなければ三人とも追い出されるかもしれないし、ヘタをすると証拠隠滅《いんめつ》で消されちまうかもな」

「……っ」

「悪《わり》ぃ、脅かしたな。だけどあり得ない話じゃない。ここは日本じゃないし、俺の知っている異世界でもない。だから常に最悪の結果を考えて行動した方がいいって話だ」

俺が言いすぎたなと後ろ頭を掻《か》きながらフォローを入れると、水樹ちゃんが俺の目を見て口を開いた。

「前の世界ではどうだったんですか？　やっぱり常識が違って苦労を？」

「だなあ。ガキでも酒が飲めたりするし、人は売られている。喧嘩《けんか》は日常茶飯事《さはんじ》みたいなところがあったから殺伐《さつばつ》としてたよ。いい奴も多いから慣れはあるかもしれないけどな」

「……私、頑張ります。もしみんなが危ない目に遭った時に助けられるように……」

「……結構だ、続けるとしよう」

『あー、退屈ぅ』

見た目と性格に反して芯は強いのかもしれない。

魔法を覚えるにはやる気が一番大事な要素なので、今を逃す手はない。リーチェは放置でいい。

さて、今日のトレーニングはコップに同じ量で水を出すことが目標だ。

コントロールして出すことで魔力の操作というものを覚えてもらう。

水樹ちゃんは集中力があるし、モノにするのは難しくなさそうだが数をこなす必要がある。風太や夏那の訓練が始まったら、城の連中の意識がこっちに向かなくなるだろうから、その間に一気に教えたい。

水を出すだけなら今のでもいいけど、攻撃魔法とか系統が違うと色々面倒臭いんだよな……どこかで一度、こっちの魔法がどんなものか見ておくか？

「リクさんー、これでどうですか！」

「おお、早いな。その調子でゴーだ。〈操作《マニューバ》〉」

「あ、凄いです！」

俺は満たされた水を、カバンに入れていたペットボトルに吸い込ませてから口に含む。

自然な水と変わらない、いいクオリティだ。

「ぷは！　よし、この調子でどんどん使っていけ」

「分かりました！　今みたいな魔法も使えるようになりますか？」

「修業次第だろうな。素質はありそうだ」

「……やった」

小さくガッツポーズをする水樹ちゃんを見て俺は微笑む。若いってのはいいことだな、と。

俺みたいな目には遭わせたくないもんだぜ、風太も夏那も。さて、あいつらが帰ってきたら、ちと『嫌われ』に行くかねえ。

そして水樹ちゃんの魔法訓練が一段落したあたりで風太と夏那が戻ってきた。

特に収穫は……と思っていたが風太は意外なことを口にする。

「隣国との冷戦状態は本当みたいですね。五年くらい前に会談を行った時に、向こうがロカリス国《こっち》の出した条件が呑めず、襲いかかるような仕草《しぐさ》を見せたから、というのが理由らしいです」

どうやら状況の調査をしてくれたようだ。

しかし、横で拗《す》ねている夏那はいったいどうしたことだろうと声をかけてみる。

「サンキュー、その会談内容を知りたいもんだが、五年前か。で、なんで夏那ちゃんは不貞腐《ふてくさ》れているんだ？」

「聞いてよ！　二人で庭を歩いていたらメイドさん？　それが群《むら》がって来てきゃーきゃー言うわけ！　取り囲まれて風太も満更《まんざら》じゃない顔をしてるし！」

「それで怒ってたのか……」

「分かってなかったの⁉」

「わぁ⁉　ダメだよ、首を絞《し》めちゃ！」

騒がしい三人を見ながら肩を竦める俺に、リーチェが耳元で話しかけてきた。

『で、どうするのよ？　時間はありそうだけど、このまま足踏みしても仕方ないんじゃない？』

「もちろんだ。とりあえずお前はついてこい」

『なによ？　……うひゃあ⁉』

俺はリーチェをスーツの内ポケットに突っ込むと、ソファから立ち上がって、もみくちゃになっている三人に目を向けて口を開く。

「落ち着けお前ら。ちょっと出てくるから大人しくしているんだぞ？」

「どうしたのよ、トイレ？」

「そんなところだ、羨ましいねえ風太。あ、そうだ、なんか訓練場みたいなところはなかったか」

「え？　えっと、そういったのはちょっと見なかったですね……。そ、それより助けてくださいよー！」

風太の首を絞めている夏那が不思議そうな顔で聞いてきて、風太が手を伸ばしてくるが、俺は手をシュッと上げてから入り口に向かう。

「あ、誰かお付きの人を連れて行かないと――」

と言う水樹ちゃんにウインクをしながら、扉をゆっくり閉めて部屋を出る。

確かに誰かを呼んでからってのが基本だが『緊急時』ならそれは適用されない。

「あ、どこへ行く！」

「悪い、漏《も》れそうなんだ、先を急ぐぜぇ！」

「ま、待ちなさい！」

兵士とメイドが俺を追いかけてくるが、お構いなしに廊下を走り、奴らを撒《ま》くことに成功。

トイレはとりあえず置いといて、俺は城の探索を始める。

できればお姫さんの部屋とかを探っておきたいが、まずは訓練している騎士や兵士の練度《れんど》が知りたいところだ。

特に魔法については、今は我流で教えているだけなので、水樹ちゃんに変な癖を付けないためにも知っておきたい。

「さあて、城ってのはだいたい似たような造りになっていると思うがどうかねえ」

『ぷは！　このままここから逃げてもいいんじゃないの？』

「んなことできるか。一緒に帰るべきだろ」

『ま、それもそうね……』

内ポケットのリーチェがなにか言いたげだったが、俺は廊下を進んでいく。

庭に訓練場がなかったってことは建物内か？　俺は〈集中《コンセントレーション》〉を使い、周囲の音を聞き分けるため目を閉じる。

すると——

「腰が引けておるぞ！　戦場で敵に待ったなど通用せんからな！」

「はい……！」

「もう一本……！」

——ビンゴ。

俺が居る二階の廊下から、コの字型になっている中庭で騎士達が訓練しているのが見えた。

ふむ、木剣や盾《たて》を持ち、防具はなし。

痛みを覚えさせて緊張感を持たせる訓練方法はどこも変わらねえなあ。木でもマジで殴《なぐ》り合うと痛いんだよな。

過去の訓練を思い出し苦い顔で舌を出していると、目的を果たせそうな声が耳に入ってくる。

「〈ファイアビュート〉！」

「〈ヘイルクラスター〉」

おー、やってるな。

あんな隅《すみ》っこでやらなくてもよかろうに。俺は素早く中庭へと向かい、植栽《しょくさい》の中に隠れて様子を見る。

「〈アクアランス〉」

「なんだそれは？　もっとイメージをしろ、硬く、速く、鋭いイメージだ！」

「はい……！」

……なるほど、魔力をイメージで形にして放つ感じだな。

俺が使う魔法に近いけど、より簡単だな。向こうの世界ではクリエイトして『自分の魔法』を確立していくスタイルだったから、簡単じゃなかったりする。だからこそリーチェを創ることができたわけで柔軟性《じゅうなんせい》は高い。

『なによ？』

「いんや、心強いなって思ってよ」

『そ、そう？　ふふん、そこまで言われちゃ働いてあげてもいいわよ！』

調子のよさは変わってなくてホッとする。

「おい、貴様そこでなにをしている？」

「……!?」

マジか。

これでも気配を消すのは得意なんだが、頭半分くらいしか出ていない俺を見つけたってのか？

振り返ると、金髪ロン毛、青い瞳の騎士が立っていた。中々のイケメンだ。

さて、どう切り抜けるかなっと……。

「い、いやあ、トイレを探していたら迷っちまいましてねえ」

「……その恰好、お前はエピカリス様が喚んだという異世界人か。トイレは侍女かメイドに声をかければよかろう」

「いや、もう我慢できず」

「……!!　貴様ッ！　訓練場で野グソをするつもりか！」

「声でけぇよ!?　わ、悪かった、トイレまで案内してくれると助かるんだが……」

俺がそう言うと金髪騎士は凄く嫌な顔をして口を開く。

「仕方あるまい……野グソは困るからな」

「何回も言うんじゃねえよ！」

まだ若そうだが腕は悪くなさそうだな、所作がそれを物語っている。

だが、俺の嘘《うそ》を真に受けるあたり生真面目《きまじめ》ってところかねえ？　ついでになんか教えてくれねえかな。

というわけでイケメンに見つかってしまった俺は、大人しくトイレへと連行され用を足した。

トイレから出ると、待っていてくれたイケメンが俺を見て口を開く。

「済んだか、では部屋に戻るぞ。異世界人にあまりウロウロされてはかなわん。……お前、名は？」

「高柳陸。リクでいいぜ」

「リクだな。私はプラヴァスという。お前は『勇者』なのか？」

「おいおい、不躾《ぶしつけ》だな。それに、こんなおっさんが勇者に見えるってか？」

「私には判別がつかんよ。姫が喚んだ、ということしか知らんからな」

「聞かされてないのか？　あんた、強そうなのに」

俺の見立てじゃ騎士団長とかそういうレベルの匂いがするなと思い口にすると、プラヴァスはそれを裏付ける発言をした。

「……私は『白光騎士団《びゃっこうきしだん》』の団長を務めている。異世界人がよく分かったな？　ちなみに『召喚の儀』は我らには与《あずか》り知らんことでな。いずれ紹介すると言われているだけなのだ」

ふむ、やっぱ騎士団長か。俺の気配を捉《とら》えるあたり、やるだろうなとは思っていたが納得だ。

一応、姫さんから勇者を召喚したことは聞いているようだが、どうも不服《ふふく》があるような口ぶりだな？　少しつついてみるか。

「なるほどなあ。なんか考えがあるんだろうけど、隣国を攻めるのに今から鍛えるのは大変じゃねえか？　教えるのはあんた達なんだろ。それより自分達だけで攻めた方が楽じゃねえ？」

「……！　ふん、異世界人になにが分かる」

「まあ、確かに分からねえけどよ。魔王を倒すのが最終目標なんだから、つべこべ言わずに和解するのが筋かなって思うわけ。こんな状態でその魔王の配下とやらに攻められたら危ない――」

「そんなことは分かっている！　……すまない」

声を荒らげたプラヴァスだったが、すぐに冷静さを取り戻して謝罪してきた。

「あー、いや構わないぜ」

この様子だと、こいつもキナ臭《くさ》いって思ってんだろうな……。

あんまり刺激するのも良くないと思い、俺は後ろ頭に手を組んでゆっくりついていく。

「……和解は交渉次第。勇者を立てて、それでもダメなら戦争だ。向こうには私の親友が居る。正直、攻め入る真似はしたくない。しかし姫が……国が決めたことだ……」

「ふーん、大変だねえ……」

俺がそう返すと、

「ふん、異世界人も同じだろう」

と、困った顔で笑っていた。プラヴァスね、覚えとくか。

面白い情報が聞けたので俺が満足していると、前方から見知った顔……エピカリスが歩いてくるのが見えた。

「おや、異世界の客人ではありませんか。このようなところでいかがいたしましたか？　それに、プラヴァスと一緒とは」

「いやあ、トイレへ行くのに迷っちまいましてね。ウロウロしていた俺を見つけてくれたんですよ」

「……そうでしたか。あなたは勇者ではありませんし、なんの力も持たないのですからあまり出歩かないでくださいね？」

「……へいへい。勝手に召喚しといてその言い草かい？　一国のお姫様が呆れるねえ」

「おい！　口が過ぎるぞ！」

プラヴァスがそう言って肩を掴んでくるが、俺は目を細めると姫さんに指を向けて続ける。

「勇者以外を必要としないなら、もうちょっと精度を上げて召喚してほしかったって話だ。水樹ちゃんもそうだが、必要ない人間を喚んでおいて冷遇《れいぐう》するってのはどういうつもりなんだ？　こっちは巻き込まれて困ってんだ、本来はもっと丁重に迎えるべきじゃねえか？」

「……」

おおう、めちゃくちゃ冷たい目を向けてくるね、エピカリス様？

そのうちにと思っていたが丁度いい、ついでに嫌われておく……つーか、思ったよりも嫌悪《けんお》されてて思わず戦慄《せんりつ》しちまった。

こりゃ水樹ちゃんをしっかり鍛えておかないと、なにをされるか分かんねえな。

「……ふふ、確かにそうですね。失礼いたしました。リク様」

「いや、俺も言いすぎた。申し訳ない」

俺は企業戦士として鍛えた見事なお辞儀《じぎ》をして謝罪する。まあ、とりあえずはこんなところでいいだろう。

「それでは、プラヴァス、よろしく頼みましたよ」

「ええ。行くぞリク」

「あいよ」

俺とプラヴァスは道を開けてやり過ごし、そのまま部屋へ向かう。

「……お前、恐ろしい奴だな。勇者でもないのによく姫にあんなことを……」

「ま、この世界の人間じゃねえから恐れがないんだ。向こうが客人と言ったし、主張してもいいだろ？」

「面白い奴だ。でも姫を怒らせるのはやめておけ。下手をすると陛下《へいか》よりもその権限は重い」

「へえ……？　そういや国王や王妃様の姿を見ないな。二人共どうしてるんだ？」

「……陛下はお忙しい。王妃様は姫が小さい頃に亡くなられている」

なるほどな、それで出てこないのか。

他に子供が居そうだがそこまで聞くと怪しいかと口を噤んでおく。流れで色々聞けたのは収穫だったな。

とそこへメイドが慌ただしく駆けつけてきた。

「あ、プラヴァス様!?　それに異世界人！　捜しましたよ！」

「いやあ、漏れそうだったからなあ」

「野グソしようとしていたぞ」

「ま！」

「おいこらやめてください！」

メイドが赤くなり、俺が抗議の声を上げるとプラヴァスは踵《きびす》を返し、片手を上げて去っていった。

お前も十分面白いよ。

さて、少し前進したな……風太達の訓練も始まるだろうし、俺も準備を急ぐか。

◆　◇　◆

「あの男……リクと言いましたか。勇者でもない異世界人の癖に生意気な口を利きますわね」

リクと遭遇した後、エピカリスは自室で不快感をあらわにしながらヨームに話しかけていた。

「とんでもない人間が交じったものですな……姫に不敬をはたらくとは」

「自分の命がわたくし達に握られているということを理解していないのかしらね？」

「どうでしょう。勇者様に比べて歳をくっているので、子供達に舐められないよう虚勢を張っている、とか？」

大臣のヨームが神妙《しんみょう》な顔でそう言うと、エピカリスは目を丸くして口を閉じた後、コロコロと笑いながら答える。

「ああ、確かにそれはあるかもしれませんわね。……心の拠《よ》り所になられても困るかしら？　いや、逆に――」

「は？」

「いいえ、なんでも。とりあえず訓練が始まれば全員別室にしようかと思いましたが、このままでいいでしょう」

「承知いたしました」

「勇者の二人は明日から訓練を開始します。お肉など体力が付く物を用意させるのですよ」

エピカリスはヨームに指示を出すと、窓の外に目を向ける。

「勇者の育成が終わったら、面白いことになりますわね。早く戦争をしたいですわ」

◆　◇　◆

「今日はなにをしようか……」

風太がテーブルの上で両手を組みながら笑う。

男女別に部屋を分けているが、寝る時以外は基本的に四人集まっている。だいたい会話か昼寝で時間を潰すのだが、今日は夏那がベッドの上でぐったりしながらブツブツと呟く。

「外にも勝手に出れない、ゲームも漫画もないしお洒落《しゃれ》なカフェもない……カラオケ、行きたい……」

「そういやログインボーナスが切れちまったな……」

「なにソシャゲ？　リクもやるんだ？　おっさんなのに」

「いや、むしろおっさんだからやるんだぞ？　彼女も居ない、休みにすることがない奴ぁだいたいこんなもんだ」

『うわあ……』

「性格のせいね」

馬が合うのか夏那がリーチェとジト目を向けてきたので、なにか反論しようと思ったが先に水樹ちゃんが口を開いた。

「さ、寂しいですね……」

「……お、おう」

『きっついわね……』

割とショックな言葉を投げかけられ、夏那達の方がまだダメージが少ないなと感じる。俺が項垂《うなだ》れていると、まだ食事の時間でもないのに部屋の扉がノックされる。

「……開いてますよ」

風太が返すとゆっくり扉が開き、エピカリスが微笑みながら入ってきた。横にはもちろん侍女がついている。

「集まっておりましたか。勇者のお二人はわたくしについてきていただけますか？　遅くなりましたが、剣と魔法の訓練を始めたいと思いまして」

「わ、分かりました」

「……はい。行ってくるわね、水樹。こいつに気をつけなさいよ？」

「あはは、リクさんは大丈夫だよ」

「気をつけてな。なあに、部活の練習と同じだって」

「あー、なるほどね。それじゃ！」

不安そうな面持ちだったが、俺の言葉に風太と夏那は苦笑して部屋を後にする。

そこで水樹ちゃんが胸元に手を置いてぽつりと呟く。

「大丈夫ですよね？」

「後は覚悟の問題だ。こればっかりは自分達で持ってもらうしかない」

「はい……」

トイレ事件から二日……ついに風太と夏那の訓練がスタートするらしい。

なにか心境の変化があったのか、エピカリスは本来の訓練日を少し延ばすとその日の夕食時に言っていた。

俺と水樹ちゃんを見る目が変わったこともあるし、考えを変えたと見るべきだろうか？

とりあえず扉に耳を当てて近くに誰もいないことを確認してから、俺は部屋の真ん中へ移動して水樹ちゃんを呼ぶ。

「……よし、それじゃ俺達も訓練といくか」

「はい！」

◆◇◆

——Side：風太——

いよいよこの時が来た……。

僕は夏那を後ろに置いてエピカリス様の後をついていく。

僕達四人はこっちの世界の服に着替えていて、制服や財布、鞄《かばん》なんかはリクさんと水樹に預けている。

正直な話、リクさんが居なかったら正気じゃなくなってもおかしくない状況なのは間違いないと、傍《かたわ》らにいる騎士を見てそう思う。

これはゲームじゃなくて現実で、さらに包丁よりも大きくて鋭い剣を振り回して人を殺せというのだ。

……正気の沙汰《さた》じゃないよ。

だけど彼らはお構いなしに中庭へと連れていき、僕達はずらりと並んだ騎士達の中へ放り込まれた。

ここまで案内してきたエピカリス様は、一緒に居た赤い短髪の男に目を向けて柔らかく微笑む。

「では、お願いしますよ、レゾナント」

「ハッ！　エピカリス様の仰《おお》せのままに。立派に戦えるように尽力いたしますのでご安心ください」

「頼もしいですわ、ではフウタ様、カナ様、お願いいたしますね」

「はあ……」

「分かっているわ」

生返事しかできない僕と、ハッキリ嫌悪感を出した夏那。

それでも笑みを絶やさずに会釈《えしゃく》をしてこの場を去っていくエピカリス様は、少し不気味だった。

改めて、リクさんが僕達と同じ歳の頃に異世界へ召喚され、魔王を倒して帰還したという話が信じがたいものに感じる。

もし僕と夏那だけだったり、水樹を含む三人だけでこの世界へ来ていたら泣き出していただろう。

だから一人で召喚され、全て自分で考えて行動し、ここに至るというのは尊敬《そんけい》に値《あたい》する人である。

魔法も使えているので疑う余地もない。

そんなことを考えていると、レゾナントと呼ばれた騎士の男が僕達へ顔を向け、歯を見せて笑う。

「オレは『赤翔騎士団《せきしょうきしだん》』のレゾナントという。フウタにカナでいいのか?」

「はい」

「そうよ。で、あたし達はなにをするの?」

「もちろん戦闘訓練だ。隣国と戦うため協力してもらうからな」

そこで僕は疑問を感じて首を傾《かし》げる。

「ちょっと待ってください、まずは和解をするんじゃありませんでしたか? 積極的に戦闘に参加するのは……」

「ふむ、どう聞いているか分からないが、エラトリアとの衝突《しょうとつ》は避けられんだろうな。交渉は失敗すると思うぞ」

「な……!? なら分かっててあたし達を喚んだってこと!?」

「そうだな。我々としても異世界人に頼るというのは遺憾《いかん》だが、姫が決めたことだ。従うまで」

……なるほど、信用するなってのはその通りだな。こいつら、というよりエピカリス様はそのつもりで僕達を喚んだってわけか。

それにしても、混乱に乗じて召喚者をいいように利用するとは恐ろしいと思う。

リクさんの時はメリットなんかの説明はあったそうだけど、僕達にはなんの説明もなく、お願いをしている言い方に聞こえるが、ほとんど脅迫《きょうはく》に近いんだよね。

信用もなにもあったもんじゃないけど、とりあえず力を付けることが先決だと、僕はレゾナントさんへ言う。

「分かりました。僕達も元の世界に戻りたいし、死にたくもありません。早速やりましょう」

「いい返事だ。では好きな武器を選べ」

「それじゃ……オーソドックスな剣で」

「あたしはこれかな」

僕は木剣を手に持ち、夏那は槍《やり》を手にすると周囲からどよめきが起きた。まあ、女性で槍を持つのは珍しいからだろう。日本には薙刀《なぎなた》があるから僕達は違和感がないんだけどね。

槍を選んだ理由は相手に近づかないで済む点と、広い場所なら振り回しているだけでも結構脅《きょう》威《い》だから。実際に持つ槍は重いはずだけど、リクさん曰く『勇者ならなにかしら恩恵《おんけい》があるはずだ』とのことだった。

ダメなら変更すればいいだけなので深く考えずにやってこいだってさ。

槍なら腕力《わんりょく》も付くし、損をしないのも大きい。

「ではアマンダ、カナについてやってくれ。女性同士の方がいいだろう」

「ハッ！　カナ様、こちらへ」

「オッケー。また後でね、風太」

夏那がすらりとした女性と一緒に離れた場所へ行くのを確認したところで、僕もレゾナントさんへ向き直る。

彼は満足げに頷いた後、剣術の手ほどきを始めてくれた。

口ぶりは尊大《そんだい》だが、役に立たせるとエピカリス様に誓《ちか》った手前もあってか丁寧《ていねい》に教えてくれる。

最初は体力がないだろうから素振《すぶ》りだけになると言われて、他の騎士に交じって訓練をしていたんだけど、そこでまた騎士達がざわざわとどよめいていた。

それはもちろん僕が剣を振った音が違うから。

ヒュン、という音がすれば合格点で、だいたい風切《かざき》り音なんてしないものらしいんだけど、僕が振るとブオン！　って感じの勢いなんだ。ゲームとかで剣圧《けんあつ》を飛ばす、みたいな技があるけどそれができそうな感じだ。

「むう……さすがは勇者というやつなのか？」

「わ、分かりませんけど、この木剣が軽いからじゃないですか？」

「いえ、我々と同じ物です……初日でこれとは、末恐ろしいですな」

他の騎士も俺の木剣を手に取って冷や汗をかいていた。

それから走り込みや筋トレ、案山子《かかし》を使っての打ち込みと色々やったけど特に疲れるというようなことはなかった。これがもしかしたら『勇者』としての資質《ししつ》かもしれない。

「はあ！」

「「おお……！」」

案山子への打ち込みが一番楽しく、ここまでのストレスを発散するかのごとく打ち込んでいると、騎士達が感嘆《かんたん》の声を上げるのがちょっと気持ちよかった。

リクさんが『興奮した』という部分はこういうところにあるのかもしれない。

「よし、休憩！　フウタは休憩後に魔法の訓練だ」

「ふう……分かりました」

朝から二時間ぶっ通しで訓練をしたけど、確かにここでのノリは部活に近いなと苦笑する。そういえば夏那はどうかな？

◆◇◆

――Side：夏那――


さて、と。

あたしは槍を片手にアマンダとかいうキツイ目をした女の人についていく。

女には女ってところかしら？

とまあ悪態《あくたい》をついてみるけど、本当のところは逃げ出したくてたまらない。それが顔に出ないようにするのが精一杯《せいいっぱい》。

リクが居なかったら虚勢どころか泣きじゃくっていたかもしれないわね……。

今でこそギャルみたいな恰好をして派手で強気な言動をしているけど、中学生までは水樹と同じ地味な感じだった。

いわゆる高校デビューってやつなんだけど、地味な自分を変えよう！　と思って頑張ったわ。

結果として男子からは声をかけられるようになったし、女子も仲がいい子が増えたけど、やっかむ子もいるから考えものよ。

特に幼馴染の風太は大人しいけどイケメンなので人気がある。だから一緒に居るのが気に入らないって子が嫉妬してって感じ。

モテるようにはなったけど、本当に好きな人以外には好かれてもねえって性格なので、男子にモテても嬉しくない。

好きな人、もちろん風太のことだけど……水樹もあいつのことが好きだから、あたしは譲《ゆず》ってあげたいと思っている。

だからリクが変なことを言い出した時には叩いてやった。

好きなのに譲ろうとしている。言っていることがおかしいのは自分でも分かっている。だから早く二人がくっついてくれれば吹っ切れるはず。

本当ならあの日の帰りに映画かカラオケに行って、二人を置いて帰るつもりだったんだけど——

「まさかこんなことになるとはねえ」

「む、動きに無駄がないな。素晴らしい、さすがは勇者殿」

「ありがと。しばらく案山子に打ち込むってことでいい？」

「はい！　ううむ、これは期待できる——」

アマンダは嬉しそうな声で頷き、隣で一緒に案山子に向けて大きな剣を振りかぶる。

考え事をするには丁度いいかと、頭や肩を模した部分を槍で適当に突く。適当とはいっても自分でも驚くほどの速度と威力なので問題はないかな？

まあそんな感じであたしは二人を応援しているんだけど、中々進展しないことに苛立《いらだ》ちがあるのも事実。

それで水樹はあたしのそういう気持ちを感じて少し離れていたっぽいんだけど、これはあたしが離れれば良かったのかな……。

はあ……なんていうか、自分の感情に嘘をつくことが得意になってしまった気がするなあ。ギャルの見た目に合わせようと虚勢を張っている、みたいな……。

というか水樹が遠慮しているのが悪いのよっ！

「んもう！　はっ！　やっ!!」

「おお！　木槍でそこまでやりますか！」

「あ、やば、バラバラにしちゃった。ご、ごめん」

「いえ、代わりはいくらでも用意できるので大丈夫です」

やりすぎた……といってもそんなに力を出したつもりはないんだけど、目の前の案山子は粉々になっていた。

これが勇者の力ってこと？

どうしてあたしと風太が選ばれたのか分からないけど、運命の二人と思えば――

「……！」

ダメダメ、なに考えているの、あたし！

水樹は風太とくっつかないとダメなんだから！　風太も多分水樹のことが好きなんだし、あたしがなんとかしないと！

幸いこの世界ではあたし達だけがある意味信頼できる仲間だから、お互いの仲を深めるチャンス。

「それはそれとして、きちんと強くならないとね！」

新しく運ばれてきた案山子に対し、ゲームで見たことがある動きを真似《まね》してみる。

うん、やっぱり体が軽いわ。

風太の方をチラ見すると、彼も他の騎士に比べてパワーとスピードがあるみたいで、木剣なのに私と同じく案山子がバラバラになっているのが見えた。

今のあたし達でこれってことはリクはどれくらい強いのかしら？

「んふふ、実はあたしの方が強かったりして♪　試してみようっと」

「むう⁉　片手で槍を扱うだと……⁉　勇者、恐るべし……これなら戦争にも必ず勝てる」

「えー、あたしはやりたくないわよ。なんとか和解に持っていってよ、魔王はなんとかするから」

「……姫が善処《ぜんしょ》するとは思います」

「ふーん。よろしくお願いしたいわね」

アマンダさんが目を逸らしたのを見て、ああ、嘘なんだなって直感で分かった。

もしかするとまだ予断《よだん》を許さないから、というのはありそうだけど、あたしはこの一連の流れが全部お姫様主導《しゅどう》で動いていることに、納得がいっていない。

ううん、あたし達を召喚した件も含めて嫌いと言っていいかも。

それと取り巻きも気に入らない。

いいか悪いかの判断をすべてお姫様が決めて、それにそった行動しかできないから。

学校でもグループがあるけど、権力がある人間に寄りそうだけってのに似てるなって思ったわ。

異議を唱《とな》える人は居ないのかというくらい『それでよし』という人ばかりな気がする。

まあ、話したことがあるのはあっちの赤い髪の騎士とアマンダさん、お姫様とメイドさんだけだけど。

どちらにせよ、強くなってあいつらが逆らえないくらいにはならないと行動もできないか。

そういえばリクの奴、どっかへ行くって言っていたけど、なにか策があるのかしら……？

第三章　ひとまずの別れ

――俺達がこの地に喚ばれて幾星霜《いくせいそう》……なんてことはないが、約一か月が過ぎた。

風太と夏那は初日から飛ばしていたようで、案山子を何十体ぶっ壊した、みたいな話を聞いて笑っちまった。

風太は剣を、夏那は槍を得物《えもの》として腕を上げている。

魔法適性も風太は風、夏那は火の特効《とっこう》能力を持っているようで、各属性を使った時の威力や制御《せいぎょ》は他に比べて格段に良い。実際に見せてもらったが、俺が最初に召喚された時よりも『上手い』と感じた。

夏那が武器の扱いも魔法もゲームを参考にしていると言っていたが、確かに俺が高校生だった頃よりもゲームが美麗《びれい》になったりしてイメージしやすいかもしれないなと納得したものだ。

まあそれはいいとして、勇者二人は着実に強化されていき、俺から学んでいる水樹ちゃんも着々と仕上がっていたりする。

今日は訓練が休みらしく、珍しく四人が勢揃いしていて、俺と水樹ちゃんは風太と夏那の前で訓練をしていた。

「〈スプラッシュ〉！」

「オッケー、いいぞ！　もう一つ上の魔法をやってみろ」

水樹ちゃんは俺に向かって魔法を放ち、俺はそいつを相殺《そうさい》する。ついでにワンランク上の魔法を撃ってみるように言ってやると、彼女は不安げな顔で口を開く。

「だ、大丈夫ですか？」

「夏那ちゃんのですら相殺できるんだ、余裕だって」

「ムカツクぅ！」

「で、では……〈アクアランス〉！」

「げ!?」

水樹ちゃんが槍投げのような構えからボールを投げるように水魔法を撃ちだす。弓道をやっていただけあって狙いは完璧で、確実に俺に向かって飛んでくる。

そいつを見た俺はすぐに構えて魔法を使う。

「〈水弾《アクアバレット》〉」

「あれを音もなく消した……!?」

「すご……」

「相手と同じ魔力量をぶつけると相殺できたりするんだよ。ずっと水樹ちゃんと訓練をやってるから概《おおむ》ね分かるってだけで、実戦だと百パーセント上手くいかねえから真似すんなよ？」

風太と夏那がポカーンと口を開けて、にやりと笑う俺を見ていた。

この二人は訓練を始めてから俺の凄さというのが分かったようだ。ちなみに、夏那から模擬戦を挑まれたが一度も負けはない。

「本当にでたらめな強さね……歳を取っても強さって変わらないものなの？」

「どうだろうなあ。少なくとも前にできていたことはほぼできているが、強い奴と戦ってみないと腕が落ちたかどうかは分からねえって」

「はは……僕達じゃ話になりませんしね……」

がっくりと肩を落とす風太の頭に手を置いて笑いかける。

「ははは、さすがに勇者として五年やってたからまだまだ負けねえよ」

「五年……!?　五年も異世界にいたの!?　で、十七歳のまま戻れたってこと？」

「そうそう、異世界では二十歳を超えてたんだけど、戻ったら高校生のままだったぜ。まあ地球で魔法は使えなかったけどな」

だけどその五年先に生きた分、他の高校生より精神年齢が上がったから、他の奴らが本当に子供に見えて、友人が離れていったって話は……向こうに戻る時でもいいか。

今ここで冷静に状況を見据《みす》えることができるのも、あの時の経験が支えになっているからな。

「リクさんが居たからこそ私達は助かっていますし、本当にありがとうございます。おかげで知り得た水魔法はほとんど覚えました！」

「だなあ。水樹ちゃんは勇者じゃなくともセンスはあったし、これで俺も旅立てるぜ」

「……本当に行っちゃうの？」

「もう少し様子を見ても……いえ、僕達の訓練をしてほしいです」

風太が言葉を濁《にご》さずハッキリ言う。その姿勢は好感が持てるが、この二人が仕上がる前に出なければならないのだ。

「悪《わり》ぃな。俺は俺で調べたいことがあるんだ、後は三人でなんとか頑張ってくれ」

「……そう、ですか」

「ああ。隣国の調査はおそらくこの時点での超重要課題。できれば魔王や魔族の情報を得たい」

「あー、もう面倒臭い……！」

「腐《くさ》るな夏那ちゃん。この国の騎士団長より強くなっておけば動きやすくなる」

俺の言葉に風太が確かにと頷いて了承《りょうしょう》する。

そんな三人に、俺は今から残酷《ざんこく》なプレゼントをしようと思う。

「とりあえず、去る前に一つプレゼントをやろう」

「え、マジで？　この世界で貰える物、まだあったっけ？」

「……ああ」

「リクさん？」

俺はポケットからスッと食事の時に使ったナイフを取り出し風太に手渡す。

「へ？　これがプレゼン――」

「なによ……!?」

そしてナイフを握った風太の手に無理やり夏那の手を添《そ》えると、そのまま俺の腹へ突き刺す。

ずぶり、と鋭い痛みが走り即座《そくざ》にシャツが赤く染まっていく。

「きゃ……」

「ぐ……〈魔封《サイレンス》〉」

俺は三人の口を魔法で塞《ふさ》ぎ、ナイフを腹から抜くと強張《こわば》った顔の二人が冷や汗を噴出《ふんしゅつ》させた。

痛む腹を押さえながらソファに座り、俺はすぐに魔法を使った。

「〈再生の光《リバイヴ》〉」

「あ、あ……」

俺が使える最高級の回復魔法で傷を癒《いや》して息を吐くと、三人の目を順番に見た後に口を開く。

夏那と水樹ちゃんが泣いてガチガチと震えているが、とりあえずケアは後だ。

「ふう……いきなりですまなかったが、これは今のうちにやっておいた方がいいと思ってな。今後、もし戦いで対人間になれば、今のナイフよりも鋭い物で相手を斬ったり斬られたりってことになる。そうなれば血はおのずと見ることになるが、向こうでは血を見る機会が少ないだろ？　だから今、人を刺した感触と血を見せたってわけだ。俺なら回復魔法が使えるからな」

俺が手を叩くと、ハッと我に返った三人はその場で嘔吐《おうと》する。

飯を食う前でよかったな。

浄化魔法で嘔吐や血の跡を消していると、夏那が俺の肩を殴りつけながら怒声を上げた。

「いてっ⁉」

「げほ……げほ……な、なんてことさせるのよ！　嫌な感触が残ったじゃない！」

「あー、それでいいんだ。今後、人を殺すことがあるかもしれない、ってことは頭に置いておけよ？　生き残りたければ敵は倒せ。手足だけ斬ってやり過ごそうとするな。死ねないキツさがあるし、復讐《ふくしゅう》してくるかもしれないからな」

「うう……」

水樹ちゃんが床に手を突いて涙を流すのが見えて心苦しくなるが、必要だと思ったからな……いや、これが正しいかは分からないが――

「……リクさんが初めて人を斬った時、辛かったんですね？　だから自分で体験させておこうと……」

「まあな」

風太が分かってくれていたようで安心する。

やや強引だったし、一回だけで申し訳ないが『こういう世界に身を投《とう》じてしまった』ことが少しでも伝われば幸いだ。

「なんでそこまでするのよ……」

ひとしきり喚《わめ》いた夏那は床にへたりこむ。

「ま、人生と勇者の先輩だからな！」

「馬鹿……！　あんたが居なくなったら、あたし達どうすればいいのよ！　びっくりさせないで」

「はは、悪かったって。パンツ見えてるから……ぶへ⁉」

「やっぱり死ね‼」

「や、やめて夏那ちゃん⁉」

「ははは！　リクさんにはかなわないなあ……。ありがとうございます」

また夏那に叩かれる俺に向かって頭を下げる風太。

お前らみたいな素直な奴らに死なれたくねえしな、とは言わないでおく。

さて、準備はこれくらいでいいとして、後はこの国から出る手筈《てはず》を整えないとな。

——この国を出て行く。

口で言うのは簡単だがプロセスはそれなりに必要だ。

出て行く理由、金、装備など用意すべき物はたくさんあるが、今は理由付けがいちばん面倒臭いだろう。

まあ、これが風太なら勇者ってことで引き止められるなり軟禁《なんきん》されるなりする可能性はあるが、俺は役に立たない一般人。むしろ消えてくれた方が嬉しいだろう。

金は適当に稼ぐとして、まずは出て行くことが大事だ。

出て行くきっかけだが、シナリオは出来ているから後は姫さんと顔を合わせた時に実行するのみ。

風太や水樹ちゃんは最後まで難しい顔をしていたけど。


そんなことを考えていたとある日、久しぶりに姫さんから夕食を共にしたいと申し出があった。

もちろん応じない理由はないので俺達は食堂へ。そして席に着くなり、姫さんが口を開く。

「すみません、最近忙しくてあまりお相手ができませんで。訓練は順調のようですね？」

「いえ、構いません。国王様に代わり、執政もされていると伺っていますし」

「訓練は順調ですよ！　火属性魔法はかなり褒《ほ》められました。……あいつに褒められるのは癪《しゃく》だけど……！」

姫さんにそう答える風太と夏那。夏那が口を尖らせて言う『あいつ』とは、魔法を師事《しじ》してくれている城付きの魔法使いで名をルヴァン。

風太にお熱なようで、ことあるごとに体を密着させていることが気に入らないようだ。

俺と水樹ちゃんは見ていないが胸の大きさは水樹ちゃんより上らしい。

「リク、あんた今、水樹の胸を見てたわね？　よからぬことを考えてなかった？」

「いや、全然……つーか、お前ことあるごとに俺をディスるのやめろ、いい加減キレっぞ？」

「う、うるさいわね！　お情けでここに置いてもらっているのにそんなこと言う？　あたし達が居なかったらとっくに捨てられていてもおかしくないのよ？」

「か、夏那ちゃん、それは……」

夏那が挑発《ちょうはつ》的な目で俺を見下すようにそんなことを言い出し、水樹ちゃんが止めようとするが俺はテーブルを拳で叩いてから首を鳴らす。

「あ？　夏那ちゃん、そりゃ言いすぎだろ、俺だって好きでこんなところに居るわけじゃねえ！」

「……申し訳ございません、リク様。不自由をおかけして」

「いい機会だ、提案をしたいんだがいいか？」

俺は鳥のステーキにフォークを刺しながら姫さんを睨みつけて質問を投げかけてみる。

すると、姫さんは口元には笑みを浮かべてはいるものの、明らかに嫌悪した目を向けて『どうぞ』と一言だけ返事をした。

「姫さんよ、俺はこいつらの知り合いでも友達でもねえから一緒にいる理由はない。このままじゃ魔王を倒すのもいつになるか分からねえ。だから外に出て自分で帰れる手段がないか調べに行きたいんだが、どうだ？」

「……」

さて、放逐してくれれば話は早いがどう出る？

もちろん夏那とのやりとりは芝居《しばい》で……芝居だよな？

まあ、それはともかく不仲な部分と不満点を述べて、自主的に出て行くと宣言したらどうかというもので、このままオッケーが出れば思惑《おもわく》通りって感じだ。

「外に出ればわたくし達が手助けすることは難しくなりますが、それでも良いのですか？　剣も魔法も使えないあなたには少々危険かと思います。それに、隣国が攻めてくるかもしれないとの情報も入っていきています。得策ではありませんよ」

「え⁉　こ、交渉はどうなってるんですか？」

「もちろん準備していますが、向こうが応じなければ戦いになる可能性は高いでしょう」

エピカリスは首を横に振りながら風太の質問に答えるが、おそらく最初からドンパチやるつもりで勇者召喚をやったんだろう。ただ、仕掛けた側がどっちかは気になるが。

しかし、今は俺の話なのでそこはスルーして姫さんへ返事をする。

「今はこっちの話が先だ。危険があるって言いたいんだろうが、見ての通り俺はこいつらより歳が上だし、なんとかなるだろ」

「そんな楽観的な……夏那、謝れって」

「嫌よ、いつもエッチな目を向けてくるし！　居なくなったらせいせいするわ」

これは芝居……芝居……。

迫真の演技をする夏那に胸中で拍手をしていると、目を瞑《つむ》って考えていた姫さんがゆっくりと口を開く。

「分かりました。個人の意思を尊重したいと思います。出立《しゅったつ》に関して決まったら教えてください。必要な物があれば用意させます」

その言葉に俺はニヤリと笑い、

「ありがとうございます。エピカリス様」

心からの感謝を口にした。

◆　◇　◆

夕食の後、エピカリスは私室にヨームを呼びつけ、先ほどのリクの要求について言葉を交わしていた。

「……まさかこちらから言う前に出て行くと言い出すとは思いませんでしたな」

「よいではありませんか、追放する理由を考えなくてすみますからね。成人男性、それも勇者と縁がない者を飼《か》っておく必要はないでしょう。あの黒い髪の娘を確保しておけば勇者を操るのは難しくありませんし」

大臣のヨームはリクが保身に走らなかったことに驚きを見せ、対するエピカリスは笑みを浮かべながら好都合だと口にしていた。

「しかし異世界人を放逐して問題ないでしょうか？」

「問題ないでしょう。彼になにかできるとは思えませんし、野垂《のた》れ死ぬ可能性の方が高いと思いませんか？　ねえ、ヨーム」

「……！　は、はは……そ、うかもしれませんな……」

言葉の真意を汲《く》み取ったヨームは青い顔で頭を下げると、エピカリスはその様子に頷いてから下がるように命じる。

「さて、勇者達をもう少し強化すれば仕掛けられそうですわね。ふふ、楽しくなってきましたわ――」

◆　◇　◆

「というわけで二日後には出て行く。後、なんで胸を見ているって分かった？」

「分かるわよ！　ってか、マジな話あれで良かったの？」

「満点だ。不協和音《ふきょうわおん》を起こしている人間のうち、味方の少ない奴が消える方が後で効率がいいって話だからな」

『どういうこと？』

夏那と一緒に俺の頬を引っ張っているリーチェの疑問を、風太が解決してくれる。

「ああ、仮に夏那が出て行く場合、僕と水樹も出たいと言い出す可能性が高いだろ？　それはエピカリス様にとっては避けたい事態だ。だけど、向こうの世界で僕達と関わりがないリクさんが出て行く分には痛手がないんだ。だからここはリクさんが自分から出て行くと言ったことに意味がある、ですよね」

「ってこったな。これで俺が姫さん達の目から離れて独自に動けるようになる」

「ちょっと……怖いです。今までは部屋にリクさんが居てくれましたし、一人だとなにかありそうで」

水樹ちゃんが手を胸の前で組んでから不安げに呟く。俺は彼女の頭に手を置いてから告げる。

「大丈夫だ。俺が教えたことを守っておけば必ず道はある。勇者が必要なら、この二人が怒るようなことはしないだろう」

『わたしは？』

「置いて行こうかとも思ったんだが、バレた時が面倒臭そうだし、魔族が絡んでいるならお前が居ないと楽ができない」

『ま、それもそうか。はあ、また魔王とはあんたも難儀《なんぎ》ね』

俺が見据えている先のことを口にしてリーチェがため息を吐く。

後は精神力の問題なのでスマホが繋がっていることを再度確認し、安心感を持たせておいた。

旅の準備だが、持って出る物は通勤カバンくらいしかなく、それも収納魔法に入れておくため身軽だ。


道具や傷薬、少しのお金を用意してもらい、後は武具を貰って出発するだけという前日に、とある人物から声がかかった。

「リク、居るか？」

「あん、プラヴァスか？　どうした？」

騎士団長のプラヴァスが俺と風太の部屋を訪ねてきた。

とりあえず応対すると親指でこっちに来いと指示されたので、俺は後ろ頭に手を組んで後を追う。

庭に出て設置してある椅子に腰かけると、プラヴァスが話を切り出してくる。

「……城を出て行くそうだな。賢い選択とは言えないぞ」

「お、よく知ってんな」

「姫様から装備品の用意をするよう頼まれたからな。お前とは私が一番話をしているし」

そう、こいつはあのトイレの一件から俺と水樹ちゃんを誘ってくることが度々《たびたび》あった。

裏表がなく、向こうの世界の話を聞きたがったり、この世界の盤《ばん》ゲームで遊んだりしていたので意外と交流レベルは高い。

まあ姫さんか大臣の差し金で監視役も兼ねてるってところだろう。魔法訓練の妨《さまた》げになるほど時間を割《さ》いたわけでもないので気にならなかった。が、こいつ以外の人間は冷めたもんだったな。

「ま、確かに。でも俺は出て行くって決めた。姫さんもそのつもりだし、学生組のお守《も》りもさすがに嫌になっちまった」

「それが本音か？」

「ああ」

俺があっさり答えると、プラヴァスは眉を顰めて俺の目をじっと見る。しかし含んだものは読み取れなかったようで首を横に振りながら頭を掻《か》く。

「まあ、出て行くと言うなら止めることはできない。お前と話すのは面白かったんだが」

「そいつは光栄だぜ。まあ、あいつらのことはよろしく頼むわ」

「……？　仲違《なかたが》いしているから出て行くんじゃないのか？」

「そりゃあその通りだが、なんだかんだで同郷だ。死なれたら寝覚《ねざ》めが悪いだろ？　お前は強そうだしなんかあったら守ってやってくれ」

「それは当然だ。勇者二人も実力を上げてきているが、魔王や魔族と戦うにはまだ早いからな。……いや、それよりお前が守ってやればいいのではないか？」

「どうしてだ、俺はなんの力もない平民だぜ？」

「お前……実は『できる』んじゃないのか？　初めて会った時からそう感じているが――」

プラヴァスの意味不明な供述《きょうじゅつ》を俺が手で制す。

カマをかけているってのが見え見えだから動揺する必要はない。かといって真実を話す必要もないだろう。なのでテンプレの答えを、笑いながら返す。

「俺は一般人だ、それ以上でもそれ以下でもねえ。もしそうだとしても勇者には敵わねえだろ」

「……ふむ。まあ、そこまで言うならそうなのだろう」

「それを確かめたかったのか？」

「まあな。だが勘違いだったようだ、ははは！」

「ふん、しっかりしてくれよ騎士団長？　話はそれだけか？」

「ああ、それと――」

プラヴァスは防具を持ってきたと口にして一式をテーブルの上に置いた。

光沢《こうたく》からしていい金属を使っているようで、俺は肩を竦めて話す。

「おい、いいのか？　これは高級そうだぞ」

「見繕《みつくろ》えと言われたのは私だからな。異世界の客人に変な装備は渡せんよ」

「ありがてえ、大事にするぜ」

「……困ったら戻ってこい。お前とのゲーム、負け越しているからな」

「堅苦《かたくる》しいお前さんじゃ無理だって」

俺がそう言って笑うと、口を尖らせてこちらを睨んでいた。お世辞は嫌いなんだよ。で、武器も悪くない得物を貰い、俺はそいつを腰に着けて礼を言う。

最後の我儘《わがまま》で、ボロでいいからマントを一枚欲しいと依頼して部屋に戻った。

「なんでした？　あ、それ凄いですね」

「ああ、軽いし硬いから、高いやつだぞこれ」

「……いよいよ明日ですね」

「こっちは任せたぜ？　なあに、調査が終われば戻ってくる。お前達はなるべく現場に出るのを渋れ。体調が悪いとかケガをしたとでも言え」

「分かりました。最初と話が変わってきましたしね。夏那と水樹は僕が守りますから」

風太もこの一か月余りで少し逞《たくま》しくなったな。

さて、ようやく出発か。これで本当の状況が分かるといいが。

◆　◇　◆

「よし……装備オッケーっと」

「わ、かっこいいですよ、リクさん」

「お、そうかい？　なら付き合ってくれよ水樹ちゃん！」

「ふふふ、どうしましょうか」

「こりゃ脈なしだ」

出発当日、俺はプラヴァスに貰った装備を身に着けていた。

マントを羽織《はお》り、剣を腰に差して水樹ちゃんと冗談を交わしていると、夏那が俺の頭にチョップをしようと手を伸ばしてくる。

「調子に乗ってんじゃないわよ。……んな!?」

俺はチョップを受け止めると、足を引っかけてバランスを崩してから抱きかかえるように支えてやる。

「甘いぞ夏那ちゃん。戦場なら二回は死んでいた……なら、無事に帰ってきたらお前に付き合ってもらおうかなあ」

「冗談、あんたみたいなおっさんお断りよっ」

「おっと。はっはっは、それこそ冗談だぜ？　ほら風太パス」

「うわあ!?」

「ひゃあ!?」

俺と仲が悪い設定だからこれでいいとからかっていると、部屋の扉がノックされた。

「リク殿、準備はできましたか？」

俺はマントにリーチェを隠して返事をする。

「ああ、すぐ行く。……じゃあ、元気でな」

悟《さと》られぬよう小声で三人に告げて片手を上げる。食事の時に見せたように『こいつらのせいで出て行く』という設定なので、見送りはここで終わり。

まあ昨日の時点でしっかり話はしてあるので他に言うこともない。俺が扉に向かって歩き出すと不意に夏那が俺の前に回り込む。

「……これ、持っていきなさい」

「ん？　こいつは制服のリボンか？」

青いリボンを前に突き出して不機嫌そうな顔をする夏那。意図が分からず顔とリボンを見比べていると、俺のポケットに無理やり突っ込んで口を開く。

「ちゃんと返しに帰ってきなさいよ？　一緒に向こうに戻るって言ったのはあんたなんだから、約束は守ること！」

「ああ、そういうことか。くっく、オッケー預かっとくぜ」

「ふん」

夏那がそっぽを向いて風太達のところへ戻ると、二人に苦笑されていたのが微笑ましい。

ま、大人の俺が居なくなって不安があるのは分かる。また一か月もすれば慣れると思うが、今は預かっておくとするかね。

「〈収納《ストレージ》〉」

「相変わらず便利ねえ。スーツとかもその中なんでしょ？」

「まあな」

俺は夏那にそう返事をして苦笑しながらその足で部屋を出ると、大臣であるヨームが待っていた。

奴はなにも言わずに顎《あご》だけでついてこいと示し、通路を歩く。世話になったメイドや使用人達に手を振りながら笑顔で挨拶をしていると、やがて外へ続く出口へと到着する。

もちろん見送りなど誰も居らず姫さんの姿も見えない。

「では、最後にこれを渡しておく」

「こいつは？」

「通行証だ。もしここへ戻ってくることがあれば、これを衛兵《えいへい》に見せれば城に入れるようになっている。持ち物検査はさせてもらうがな」

「なんでだ？」

分かっているけど無知であるように見せかけるため、わざと尋ねてみると、案《あん》の定《じょう》な答えが返ってくる。当然、『敵に回って国王や姫さんになにかあったら困るから』、というもので暗に『帰ってくるな』とでも言いたいらしい。

「オッケーだ。まあ、世話にならん程度にはやってみるさ」

「……貴様、よく出て行こうと思ったな？　未知の土地なのだぞ」

「勝手に召喚しといてよく言うぜ。帰してくれないなら、自分で帰る方法を探す。基本中の基本だろうが。一応、忠告しとくが勇者様は丁重に扱えよ？」

「当然だ。貴様のような平民とは違うからな」

「……本当に分かってんのかねえ。ま、いいか。じゃあな」

俺が立ち去るために背中を向けると、ヨームが思い出したように口を開いた。

「ああ、この世界を旅するならギルドに顔を出しておけ、仕事の斡旋《あっせん》と常識は教えてくれる」

「あんた達が教えてくれりゃ良かったのに」

「貴様一人に時間を割く暇はないと考えないか？」

「なるほど、違いねえ」

腹は立つがハッキリ言うのは嫌いじゃないぜ？

俺は今度こそ踵を返してから片手を振りつつ城を後にする。

少し高い丘の上に城はあるようで、城壁の外に出ると眼下に町が広がっていた。

「まずは町へ出てみるか」

俺は懐かしく感じる鎧の音を立てながら丘を下っていき、町へ足を踏み入れる。

「ふーん、こんな感じか」

町並みはおおむねアニメやゲームで見る中世風で、建物自体はそれなりに頑丈そうだ。

商店も小綺麗にしているし町を往来《おうらい》している人も平和そうで、馬車が走り、露店《ろてん》から声が聞こえ、いわゆる冒険者と呼ばれそうな武器を持った奴らもウロウロしている。

「……国が戦争を起こしそうって認識をしている人間は居なさそうだな。少々気になるが、平時は取り乱すなって感じかね？」

俺はヨームが言っていたギルドへ向かおうと周囲を見渡すが、町は結構広いのでどこにあるのかが分からない。虱潰《しらみつぶ》しに探してもいいが時間がもったいないし聞いてみるか。

「すんません、あの、冒険者ギルドってどこですかね？」

「ん？　ギルドならここを曲がったところにあるよ」

「ありがとうございます、助かりました」

「新しく来た人かい？　この町は広いから迷わんようにな」

気のよさそうなおっちゃんに片手を上げて礼を言い、ギルドへ向かう。

しばらく歩いて行くとそれっぽい建物が目に入った。早足で近づいていくと、やっぱりそれらしい人達が出入りしていたので、俺は口元に笑みを浮かべ、後に続いて中へ入る。

ギルド内はそれなりに賑《にぎ》わっていたが、受付カウンターに居る怖そうなおっさんが目に入り、とりあえず俺はそいつに話を訊こうとカウンターへ向かった。

銀行の受付みたいになっている一番奥の部分とは別に、飲み食いできるスペースと注文カウンターもある。ここを利用する人間の憩《いこ》いの場って感じだな。

「おっと」

「気をつけな、兄ちゃん」

「悪い」

人をかき分けながら、喧騒《けんそう》を尻目にカウンターに居る強面《こわもて》のおっさんの下へ真っすぐ向かう。近くに人が居ないのを確認してから声をかけた。

「すまねえ、少しいいか？」

「ん？　ああ、用件をどうぞ」

「助かる。すまないがついでに二つ、三つ質問があるんだが、あんまり人に聞かれたくねえ。どっか静かな場所はないか」

「……訳ありか？　いや、その装備……お前は異世界人か」

「知ってんのか」

強面の男が頷き、どうやら話は伝わっているらしいことが分かる。

さっきヨームがギルドへ行けって言っていたのはそういうことらしいや。

「こっちだ」

強面の男は受付カウンターを出ると、指でくいっと俺を呼びつけてきたのでそちらへ向かう。

ついていった先は個室ってわけじゃないが仕切りがあって、まあメインホールの喧騒が気にならなくなる程度には静かな場所だった。こっちの声も聞こえにくいだろうから俺としては十分だ。

「俺はダグラス。ギルドマスターをやっている者だ」

「リクだ。その様子だと通達《つうたつ》があったって感じか？」

ビンゴ。やっぱここのトップだったたな。ざっと見た感じ一番いかついのがこいつだったわけだが、荒くれ者ばかりが多い冒険者ギルドってのは、舐められないようにこういった感じの奴が頭を張る場合が多い。

「まあな。異世界からの人間が一人だけ城から出て行くって話はあった。それで、なにが聞きたい？」

「オーケー、なら質問に答えてもらうぜ――」

俺はまず隣国のエラトリアに関する情報を質問する。

しかし姫さん達が言っていた以上の情報はなく、ここ五年ほとんど交流をしていないのは確かのようだ。原因も同じくだが、姫さん達が嘘を言っている可能性があるのでここは話半分でいいだろう。

次にエラトリアまでの距離。ここから国境を越えるのに七日かかり、さらに五日ほどかけて隣国の王都へ辿《たど》り着けるらしい。日数は馬車ありきだから歩きだとさらに延びると考えていい、と。

「入国方法は？」

「冒険者ならおおむね問題ないはずだが、出身がここだと少し面倒かもしれん……というか行くつもりか？」

「ああ、こっちじゃ金を稼ぐにも監視されそうだし、一緒に召喚されたガキ共になにかあって呼び戻されても面倒臭いだろ？」

「城から通達があったって言ったばかりなのに敵国へ行くなんて正気か？　俺が城に報告したらどうするんだ」

「それはそれだ。別に俺はこの国に雇われたわけじゃねえから、ここに居る奴らと変わんねえはずだろ」

「……面白い男だ。一応、報告する義務があるから撤回《てっかい》は聞かんぞ？　いや、むしろお前は報告されることを狙ってるんじゃないか？」

さすがはギルドマスターだな、気づいたか。

ただ、報告についてはどっちでもいいから花丸はやれねえ。理由は簡単、報告の有無にかかわらず追手が出るかどうか？　その点が重要だからだ。ギルドにわざわざ顔を出したのは釣りってやつである。

俺が異世界人という情報を、城の連中が隠さなかったのは気になるが、推測は立つ――

「とりあえず、隣国へ行くのは止めないが覚悟はしておけよ」

「覚悟なんて、んなもン、十年前からしてるっての。後は……そうだな、魔王や魔族のことを聞かせてくれ」

「そこか……まあ、旅に出るならどこかで会うかもしれんし伝えておくか」

ダグラスはため息を吐いてからどこから話せばいいかと呟きながら語りだす。

――奴らは約五十年くらい前に、南の方にある人が住めないような島に突如として現れたとのこと。それまで世界は平和だったが、一気に日常が恐怖へと変化。それくらい奴らは強かった、と。

俺が昔戦った奴らもそうだったが、魔族はタフで力も魔力も高く頭も回る。

さらにこっちの魔王は、下級兵士や能力を特化した特攻兵モドキを生み出してくるから相当手ごわいとのこと。

「まあ、幸いなのはこっちも全力で戦えば撃退《げきたい》できることだな。魔王の島……俺達は『ブラインドスモーク』と呼んでいるが、あそこの近くにあった国以外はなんとかなっている」

それに加えて、今のところ大したちょっかいを出してこないってのもあるのだとダグラスは言う。

五十年か……確かに手ごわい相手だが、放置しすぎだな。

「その島へ乗り込んだりしたのか？」

「いや、『今は』向こうから来るのを撃退するだけだ」

「なるほどな。まあ勇者が来たから倒せるだろうが……なんで魔王に時間を与えているのかが分かんねえな」

「む……」

戦力を小出しにして、ギリギリ撃退できるように仕向けて攻めさせないようにする。で、本命への目を背《そむ》けさせるってのはよくある話だ。

俺も前に召喚された時に巻き込まれた人間同士の戦争でやったから効果のほどはお墨付《すみつ》き。だがまあ、そこまで考えろというのは酷だし手遅れだろう。今は魔族がどこに居てどういう奴らなのかが分かればそれでいい。

後はだいたい前の世界と同じで、動物が凶悪化した魔物が居て、家畜《かちく》も存在する。

で、通貨は金・銀・銅・鉄の四種の硬貨《こうか》でそれぞれ一万円、千円、百円、十円と思っていいようだ。紙幣《しへい》がないのは結構きついと思うんだが。

「オッケー、凄く助かったぜ。他は……馬とテントが欲しいがここで買えるか？」

「テントはあるが馬は高いぞ？」

「大丈夫だって、城を出る時に貰ってんだからよ！」

と、革袋を開けてみると、金貨五枚に銀貨十枚が入っていた。

「馬は金貨十枚からだぞ……」

「おおう……」

けち臭《くせ》えな!!　と、俺は胸中で雄たけびを上げるのだった……。どうすっかな、おっさんに歩きはしんどいぞ？

結局馬は買えず、テントだけ購入して、ギルドを後にすることにした。

「そんじゃな」

「生き延びれるといいな。元の世界へ戻る方法は俺達が知らないだけでないとも言えん」

「期待したいところだぜ」

ギルドを出て腕時計をポケットから取り出すと、ダグラスと話して二時間ほど費《つい》やしていた。有意義な時間だったので気になるほどでもない。

前と同じでギルドカードはあるらしいが、とりあえず保留にしておいた。なんか仕込まれても面倒臭いし、今はギルドを使うことがないからだ。

「とりあえずテントは安く売ってくれたけど、馬はマジでどうするかな？」

テントは銀貨七枚のところを五枚にしてくれたので、残りは金貨五枚と銀貨五枚。日本円にして五万五千円の価値だが、物価はそれなりに安いので贅沢《ぜいたく》しなけりゃこれで二か月はいけるとのこと。

食料を買い込んで少しずつといきたいが、あいつらのことを考えるとなるはやで隣国の状況を聞いて戻ってこないとマズイ。

あいつらの引き延ばしもそれほど長くは持たないだろうしな。

とりあえず馬の販売店に行ってみるかと足を運ぶが――

「やっぱ高《たけ》ぇな……」

「おいおい、ウチの馬はどいつも一級品だぜ？　こいつなんて金貨二十枚じゃもったいないくらいだ」

日本じゃそんな値段で馬は買えませんがね！

そりゃ最低クラスの馬なら二十五万くらいで買えるらしいけど、百万から上が基本だ。

サラブレッドは億だぞ、億。

ま、この異世界じゃ車代わりに馬だから、軽自動車と高級車と思えば早いか。

いや、そんなことはどうでもいい。問題は俺がここでの馬の最低価格、金貨十二枚を払えないことにある。

「邪魔したな」

「稼いでから来なよ。そんな立派な装備があるくらいだ、いけるだろ！」

「おう」

気のいいおっさんに手を上げて挨拶をしてその場を去る。

装備を売って金にすることもできるが、プラヴァスに悪いしそれはしない。俺は義理堅い男なのだ。

「仕方ねえ、歩いて行くか……早いところ町は出たい」

ないものねだりをしても気が滅入《めい》るからな。

俺は店を出るとそのまま商店街へ足を運び、食料を買っておくかと目を向ける。

城の飯は美味かったからそこだけ惜しいなとか考えながら周囲を見渡していると、肉屋らしき店の前で、困った様子で馬を引いている子供と店主らしき男が話しているのが見えた。

「なんだ……？」

「お願いだよ、母さんに薬を買いたいんだ。売りたくないけど、もうこいつくらいしか売る物がなくって……」

「無理を言わないでくれ、馬の販売店で売ったらどうだい？」

「もう年老いているから、売り物にならないって……」

「もう行ってきたのか。可哀想だけどそいつを肉にしても美味しくないんだ。うちで肉として買い取るのも無理だね」

「そこをなんとかお願いだよ！　父ちゃんが帰ってきたらお金がたくさん手に入るんだ、それまで僕が母さんを守らないと！」

十歳くらいの男の子が肉屋へ馬を売りたいと懇願《こんがん》しているところだった。

母親が病気に父親は失踪《しっそう》ってか？　ま、よくある話だ、テンプレ以下のクソ話だな。そんなことを思いながら、俺は肉屋の親父へ注文をする。

「親父、干し肉を二十枚と骨付き肉を五本包んでくれ」

「おっと、お客さんだ。ほら、仕事の邪魔になるから、悪いけど他を探して」

「そ、そんな……」

男の子はとぼとぼと馬を引いて去っていく。その様子を横目に、肉屋へ代金を支払うと次は八百屋《やおや》へ向かう。

男の子は他にもう手はないのか、誰にも声をかけず力ない足取りで歩き続けていた。

ふと、食堂からいい匂いが立ち込め、彼は一瞬だけ立ち止まりお腹をさすった後……また歩き出す。

「ああいうの、前の世界の時でも居たよなあ。ここはスラムのような場所はなさそうだし、なんでまた馬を売るまで貧困《ひんこん》なんだか」

商店街をフラフラ歩いていた男の子がふと別の道へ曲がるのが見え、追ってみると自宅の庭に馬を繋《つな》いで家へと入った。

悪いとは思ったが窓から覗《のぞ》いてみると、確かに母親がベッドで寝込んでいて青い顔をしている。

ありゃ、栄養不足もあるな……。

はあ……嫌なもん見ちまったな、さっさと出て行きゃよかったぜ。

「おい、坊主《ぼうず》」

「は!? え？ だ、誰!?」

「こっちだ。ちょっと外に出れるか？」

だが、ほっとけないのが俺の性分ってやつだ。

「う、うん……」

窓から声をかけると、恐る恐る男の子が外に出て俺の前に立つ。

「あ、さっきお肉屋さんに居た……」

「おう。お前、その馬を売りたいのか？」

「う、うん……でも年老いた馬は誰も買ってくれないんだ」

「というか金がないのになんで馬は持ってるんだよ。それに、親父さんはどうした？」

するとと男の子は半べそで話し始める。

この一家は裏の土地に畑があり、馬二頭を農耕《のうこう》に使って野菜を育てているそうだ。

で、別の町で野菜が高く売れるということで親父さんが出て行ったまま帰ってこないとのこと。

母親が体調を崩してしまい仕事もできない有様で、貯金を崩していたがいよいよ三か月目で底を突きそうだというのだ。

「親父さんのところへは行けねえのか？」

「僕一人じゃ無理だよ……。母さんを置いていけないし」

そりゃそうだな。

見ちまったもんは仕方ねえ、一肌脱ぐか！

「お前、名前は？」

「テッドだよ」

「おじさんはリクって言うんだが、ちょっとエラトリア王国に行く用事があって馬が欲しい。でも金が足りなくてな。あいつを安く売ってもらえると助かるんだが、どうだ？」

その瞬間、テッドの顔がパッと明るくなるのが目に見えて分かり、俺は苦笑する。

よしよしと革袋を取り出してからテッドの手に渡す。

「ちょっと食料を買って減っちまったが、こいつでどうだ？」

「いち、にい……金貨……四枚⁉　こ、こんなに貰えないよ！」

「いいから取っとけ。ついでだ、母ちゃんの具合も見てやる」

「え……？」

勝手に家に上がり込み、母親の横で膝を突いてからとある魔法をかけてやる。

〈病排除《デタッチ》〉」

「う、ううん……？　体が軽く……え⁉　だ、誰ですか？」

「母さんが起きた⁉　お兄ちゃんって勇者様……？」

「そこらへんにいるおっさんだっての。この魔法はそこまで万能じゃなくてな、一時的に回復したが栄養を取らないとぶり返す。だからテッド、それでなんか美味い物食わせてやれ」

「うん！　ありがとうリクお兄ちゃん！」

おっさんでいいのに。

よく分かっていない顔の母親に事情を説明すると、泣きながらお礼を言われたが、あぶく銭《ぜに》だし馬がある方が助かることを話して納得してもらう。

「こいつの名前は？」

「うん、ハリヤーっていうんだ！　お肉にしたくなかったから……嬉しいよ」

「大事にされてたんだな。……お前の親父さんはどこの町に行った？　エラトリアに行く途中にある町なら声かけとくぞ」

「えっと、確かそっち側だよ。ミシェルの町ってところで名前はトムスっていうんだ」

「オッケー。後は……俺から忠告だ。金貨を持っていることを人に知られるなよ、必要な分だけ持ち出せ。んで、上手い話を持ってくる奴は警戒しろ。俺が悪い奴なら、その革袋に石を詰めて馬を奪うかもしれなかったんだぜ」

「あ、そ、そうだね……！」

テッドの頭をくしゃりと撫でてから俺はハリヤーへとまたがり、ゆっくりと歩き出す。

母親が治れば仕事の口はあるそうなので、今後は心配ないだろう。

「ありがとう！　リクお兄ちゃんー！」

テッドに一度だけ振り返って手を上げると、リーチェがこそっとマントから顔を出して口を尖らせる。

『お金、ほとんど渡しちゃったけどこれからどうするの？』

「おっと、まだ隠れてろって。……ま、どっかで稼ぐさ」

『どうせロクなことしないんでしょ……』

俺の笑いに肩を竦めるリーチェ。

ま、なるようになるさ、こうやって馬も手に入ったしな！

「おっさん同士、仲良くやろうぜハリヤー」

俺が首を軽く叩いてやると嬉しそうに嘶《いなな》き、足を速める。

そのままやはり話が通っていた門を抜け、いよいよ外の世界へと踏み出すことができた。

（助けて――）

「……ん？　今、なんか聞こえたか？」

『え？　なにも聞こえなかったけど？』

「そうか……。じゃ、とりあえず先を急ぎますか！」

召喚されてから外に出るまで一か月ちょっとか。ゲームなら返品ものの長さだなと思いながら、俺は次の町、ミシェルを目指す。

第四章　召喚の代償《だいしょう》

――王都を出てから早三日。

俺とハリヤーは整備された街道《かいどう》をひたすらに進んでいた。

年老いているとはいえまだ現役で農耕ができるやつなので足取りは軽く、休憩を少し多めに取ればあまり疲れも見せないから助かっている。いい買い物だったよマジで。

休憩中は〈妖精の息吹《ミドルヒール》〉や〈癒しの手《ヒール》〉でこいつの足を治してやれば応えてくれる。

話し相手はリーチェが居るから問題なし。王都から離れて窮屈《きゅうくつ》じゃなくなったのでよく喋るんだこれが。

「……っと、雨か」

『夕方だし、そろそろキャンプでもいいんじゃない？』

雨足が強くなって陽が落ちるとテントを張るのが面倒になるので、その提案は賢いと俺はハリヤーから降りて、近くの雑木林《ぞうきばやし》へ踏み込んでいく。

完成したでかいテントにのそのそと入ってきたハリヤーは『お構いなく』といった感じで隅っこへ座り込む。

「さすがに三日目ともなると慣れたもんだな」

『賢いよねこの馬。……あら、ちょうど良かったみたいよ』

「ったく、急いでるってのによ」

するとそこで滝のような雨が降り出し、俺は入り口から顔を出して口を尖らせつつも焚火《たきび》の準備を始める。いつもは外でやるのだが今日は中でやるしかないので、事前に集めていた枯れ木を束ねて火を熾す。

「〈火式《ファイア》〉」

一番簡単な炎系魔法を指先から出すとすぐに枯れ木が燃え上がり、俺はそれに息を吹きかけて安定させてやる。ポケットにはライターもあるが、こういう時は魔法が便利である。

「さて、今日は骨付き肉とパンだな」

『スープも付けてよ！』

「へいへい」

収納魔法から鍋と水を取り出して火にかけ、骨付き肉も取り出し焚火の傍《かたわ》らに立ててしばらく放置。

焼きあがるまでは暇なのでハリヤーに野菜を食わせてやると、美味そうに食い尽くした後に目を瞑った。

「こいつはこのまま休ませておけばいいだろ」

『リク、お湯が沸《わ》いたよ』

リーチェがまだかと催促《さいそく》するので、さっとスープを作ってパンをちぎる。ちょうど肉が焼けたので彼女の分だけ骨から肉を削いで適当な皿に載せてやった。

二人で黙々と食事をした後は寝転がって雨がやむのを待つだけとなる。

「くそ、やっぱ動きにくいな、脱いどくか」

俺はプレートメイルを外して収納魔法へ入れておく。ガントレットとグリーブがありゃ十分だろうと首を鳴らして座り込むと、リーチェが空中で体育座りをしながら俺の眼前に飛んでくる。

『ねえリク、あの三人大丈夫かしら？』

「大丈夫だって。俺の時と違って一人じゃねえしな。お前が夏那を気に入っているのは分かるが、そのうちあの国に居る人間より強くなるから平気だ」

『でも、あんただって人間に囲まれてひど――』

「……ちと早いが寝るぞ、明日は忙しくなりそうだ」

『え？　明日もハリヤーに乗って移動するだけでしょ。ちょっと、まだ五時なんですけどー！』

「雨がやめば夜中に出てもいいだろ。そんじゃな」

ぶーたれるリーチェをよそに俺は毛布を取り出してからくるまって目を瞑る。

しばらく耳元で騒いでいたが、懐《ふところ》に潜り込んできて寝息を立て始めた。

「ふう……やっとうるさいのが寝たか。……二日目から感じていた気配、近くまで来ているな。……追手か？　騎士か兵士よりは慎重そうだが足音は丸聞こえだぜ」

リーチェが黙ったので雨の音がよく響くが、それに混じってわずかな呼吸音と草を踏む音が聞こえたのだ。

盗賊の類《たぐい》という可能性もあるが……。

近づいてこない以上、こちらから出向く必要もないので俺はそのまま寝入ることに。

ま、結界を張っているし、テントから三メートル以内に踏み込んだら分かるんだけどな。

そんな感じで何者かが俺を見ている気配を感じていたわけだが、害がなければ放置するつもりだった。


しかし翌日——

再びハリヤーに乗って街道を歩いていると、リーチェが声をかけてきた。

『暗くなってきたけど、町ってもうすぐだっけ？』

「多分な。このまま町まで……といきたいが、その前にお客さんらしい」

『え？』

「ハリヤー、走れ！」

手綱《たづな》を揺らすとハリヤーがダッシュする。

すると近づいていた気配が慌てて街道横の森から飛び出してきた。

俺が気づいていないと思い、そろそろ襲撃しようかと考えていたんだろうが甘いぜ。

ただ、若い馬とじゃ勝負にならないので追いつかれるのは時間の問題。

それとケガは治せるが、もしハリヤーが死んでしまったら蘇生《そせい》はできないので、馬上戦闘を避けるため森の中に入って戦える場所を探す。

するとちょうど花畑のようになっている場所が目に入り、俺はそこで立ち止まってハリヤーから降りると、合計六人の怪しい奴らに取り囲まれた。

「おいおい、なんだ？　俺には金なんざねえぞ、強盗なら他を当たってくれ」

おどけた調子で俺が肩を竦めると、全員が馬から降り、無言で得物を抜いて構えた。

顔に覆面《ふくめん》、ショートソードにダガーか。怪しすぎてそれだけで自己紹介だ。

「冗談どころか、強盗や盗賊の類でもなさそうだな？　暗殺を生業《なりわい》としているってところか」

「……！」

俺の言葉に動揺を見せる。するとその中の一人が口を開いた。

「使えない異世界人と聞いていたが、頭は回るようだな」

「ふん、自信があるのかどうか知らねえが、もう少し演技とか覚えたらどうだ？　『身ぐるみ置いていけ』とでも言えばまだカモフラージュできるのによ。それじゃあ『城の誰かに頼まれた』って自分から白状しているようなもんだ」

薄暗くなっていく森に緊張が走る。俺が気づいていないとタカをくくっていたらしい。しかしすぐに覆面の下に見える目が細められた。

「どうでもいいことだろう？　ここでお前が死ねばそれで終わりなのだから」

「違いねえ。だけどそれはこっちも同じだってことを忘れてねえか？」

「　　」

俺の言葉の後、なにかを言おうとした男からの返事はない。

なぜなら俺が喋り終わる直前、腰から抜いて投げた剣が顔面を貫通していたからだ。

「な？　え？」

「なんだ……!?」

残り五人。

馬鹿どもが呆けている間に俺はぐらりと倒れそうになっている男に駆け寄り、顔面から剣を引き抜きながらリーチェへ叫ぶ。

「リーチェ、ハリヤーを遠くへやれ！」

『分かった！』

止まっていたハリヤーがリーチェに首を叩かれて走る音が聞こえる。が、俺は見送らずにそのまま近くにいた覆面の男に迫る。

「……！」

一歩、二歩……跳ねるように近づき、剣を真正面から振り下ろす。

「馬に気を取られているとは二流だな、死ね」

「あが――」

脳天が割れて血が噴き出し、俺はそいつを蹴り飛ばしながら剣を抜く。残り四人。

「……」

手に人を斬った感覚が残り、俺は自然と笑みを浮かべる。

「貴様……!!」

「俺が右から行く、お前は――」

「お前は、なんだ？　その手でなにをするつもりなんだ？　あん？」

「い、いつの間に……！　手……あ、あああああ!?」

喋っている間に攻撃をしろってんだ、敵は待っちゃくれねえ。俺は手首を斬り落とした男に迫る。

「トドメといこうじゃねえか」

「させるか！」

「おのれ、異世界人め……!!」

すでに三人犠牲を出していてこの体《てい》たらくじゃお話にならない。

膝を突いて痛がる手首をなくした男の首を刎《は》ねて後ろに下がり、向かってくる残り三人の迎撃へシフトチェンジ。

……右の奴は少し足が速いな。

そいつは俺が剣を振ることのできない間合いまで一気に詰め寄り、ダガーで突いてくる。喉《のど》を狙うのはいいが俺には通用しない。ガントレットでダガーをガードして狙いを逸らす。

「避けずに弾いた⁉」

「そのための防具だろうが」

そのまま向かってくる正面の男を掴んで別の奴へ投げつけると、急に目の前へ仲間が現れたことで慌てて横へ飛びのくのが見えた。

その『避けた奴』が動いた方向へ、俺は剣を振る。

「馬鹿野郎、首が飛ぶぞ！」

「おっと、惜しいねえ」

一番最後に来ていた男が俺の剣をショートソードで止め、二人に声をかける。

「一旦、仕切り直す――」

その男が仲間に撤退《てったい》を呼びかけるが、いやいや、この程度で止められたと思われちゃあ心外だ。

「ぎゃあああああ⁉」

「え？」

「はっ！　首が飛んだぜ？」

「ま、魔法だと⁉　貴様……異世界人なのに使えるのか⁉」

風系魔法でそいつの首を飛ばし、俺の顔と残る二人の男達に鮮血《せんけつ》が降り注ぐ。それと同時に距離を取る奴らに告げる。

「ははは、見ての通りだ！　さあ次は誰が死にたい？」

「馬鹿な……能力は平民と変わらないと聞いていた……」

「こいつなぜ笑っていられるんだ……命を狙われているのに」

笑っている、か。

そうだろうな、久しぶりの感覚でちょっとテンションが上がっちまったからな。

人を斬る、死ぬ、血が出る……俺が前に召喚された時、こっちの姫さん達よりはいい人間ばかりだったが、戦いとなればやらなきゃこっちがやられる。

魔王討伐の名目で召喚されたが、召喚者の国に居る以上、トラブルに巻き込まれたらそれを解決しなけりゃならねえ。

するとどうなるか？

今、風太達が置かれている状況のように人間との戦いに関わっちまうってわけだ。

都合により召喚された不条理《ふじょうり》な境遇《きょうぐう》だが、長いこと付き合っていれば仲間意識が出てくる。

そいつらを助けようと奮闘《ふんとう》するのは当然のことで、俺は人間を相手にした。

最初は盗賊団の頭《かしら》を斬り殺したっけな？　そりゃあ勇者様を相手にたかが盗賊が勝てるわけもなく、俺の剣で真っ二《ぷた》つ。吐いたねえ、気分が悪くなってよ。

そして裏切り者の始末。戦争を重ねると人間を殺す回数が増えていく。

殺しは悪いことだが敵を殺せば仲間が守れて、褒められる。増える屍《しかばね》と減っていく罪悪感《ざいあくかん》。

殺せば殺すほど俺の名声が上がっていくことに酔いしれ始めたらさあ大変。……いつしか俺は殺すことに抵抗がなくなり、命のやりとりが楽しくなっていた。

それが現代に戻ったらどうだ、十七歳に戻れたもののクラスメイトはガキ臭いし、喧嘩なんざ相手にもならねえ。

就職したらつまらねえ毎日の連続で刺激もクソもあったもんじゃねえ。殺すか殺されるか……そんな戦いをずっと渇望《かつぼう》していた。だが『常識』ってやつはついて回る。世間体《せけんてい》を気にして裏稼業《うらかぎょう》に身をやつすこともできなかった。

だけど戦いと人を斬る感覚は忘れられず、俺は生きていく上で――

「だ、誰か一人でも逃げて報告を――」

「できるわきゃねえだろ。そこ、ぬかるんでるぜ？　雨が降ったんだ、それくらい考えて行動したほうがいいぜ」

「え？」

「ま、もう叶わないがな。全員等しく……死だ」

時間にして数分。

俺は六人の遺体《いたい》を見下ろしながら、久しぶりの感触に笑いが込み上げる。

――生きていく上で必要ななにかを、異世界での戦いで俺は壊してしまったらしい。風太達に腹を刺させたのは、あいつらのためでもあるが、あの『刺した』という感触は久しぶりに俺の脳を刺激したなと思う。

『終わったの？』

「ああ、見ての通りだ。俺が負けるわけねえだろ？」

『そう、そうよね。……大丈夫？』

戻ってきたリーチェが俺の顔に小さな手を置いてそんなことを呟くと、ポケットのスマホがブルブルと震え出す。

「……もしもし？」

「やっと出た！　さっきから鳴らしていたのになにしてたのよ！」

「スピーカーにしてよ、夏那ちゃん。大丈夫ですかリクさん！」

通話ボタンを押すと、夏那と水樹ちゃんの声が聞こえてきた。

「おう、元気だぜ！　そっちはどうだ？　つってもまだ四日くらいか、もう寂しくなって俺の顔を見たくなったのかよ夏那ちゃん」

「ち、違うわよ！　風太と水樹が心配するからかけてみようって！　ほら、やっぱり平気じゃない」

「あはは、繋がって良かったですよ。変わったことはありませんか？」

風太がいつもの調子で俺に言う。

「……ああ、なんもねえ。平和なもんだよ。俺はもうちょっとで町だ、また落ち着いたら連絡するぜ」

だから俺は嘘を吐く。

「あ、やばっ、夕食だって！　じゃあねリク、また連絡するから。ていうかあんたからもしてきなさいよ！」

「訓練中だったら困るだろ？　じゃあな」

そう言って強引に電話を切る。

「急がねえとな……あいつらが俺みたいになるのは見たくねえ。壊れるのは俺だけでいいだろ？」

『リク、あんた……泣いてるの？』

俺は鼻水だとリーチェにでこぴんを食らわし、追手だった奴らを埋める。

こいつらに家族がいたとか仲間が悲しむとか……そういうのは考えない。

自業自得《じごうじとく》、ただ、それだけだ。

あいつらも殺しが好きでやっていたんだろうし、それが金になるならなおさらだろう。

俺は遺体を埋めながらそう思う。

「さてと、こいつらをどうするかな」

『馬は放したら？』

電話であいつらの声を聞いて少し落ち着いた俺は、冷静に馬をどうするか考えていた。

リーチェは放してしまえと言うが、迷惑料としてこいつらを金に換《か》えてやろうかと考えている。

「少し遅くなるけど引いていくか。お前はハリヤーの面倒を見てくれ」

『オッケー。でも町に近づいたら隠れないといけないわよ』

「おう、それまででいい」

一応、仏《ほとけ》さんには手を合わせてから出発。

雑貨屋で買っておいたロープを馬達の手綱に繋いでゆっくり引っ張っていく。

本来、七日かけていく町へ、俺は都合一日多く費やしての到着となった。

「ミシェルの町ってのはここか？」

「そうだぜ。って、馬の数が凄いな……」

「売り物だ、どっか売れそうな店はねえか？」

俺はその辺の人間をつかまえて、馬を買い取ってくれる店で売り払うことにする。

管理番号《かんりばんごう》みたいな物は付いていないので、誰が乗っていたかまでは分からないだろうし。

「若い馬ばかりだな、こりゃいい。そっちの老いた馬はいいのか？」

「こいつは俺の相棒だからいいんだ。ありがとよ！」

馬六頭を売り、金貨百八十枚を手に入れた俺は一気に小金持ちへと昇華《しょうか》し笑いが止まらない。

『あの子のお父さんはここに居るはずよね。まったく、三か月もどこをほっつき歩いているんだか』

「食料難ってご時世だから、暴動《ぼうどう》にでも巻き込まれたかと思ったけどそういう雰囲気はねえな」

この町も平和そのものなので、戦争というキーワードはまだどこにも通達されていないんじゃないかとさえ感じる。

いや、実際そうなのかもしれねえ。そうするとますます姫さん達がなにを考えているか分からなくなってくる。

向こう《エラトリア》が来るのか、こっち《ロカリス》が行くのか。

それでだいぶ話は変わってくるわけだが、姫さんの口ぶりからすると交渉が決裂すれば風太達を連れて攻め込む、という話で決まっていて、それを願っている節《ふし》があるんだよな。

　ハリヤーを引いて消費した食料の買い込みのため商店を巡っていると、ふと露店があることに気づき俺はそっちへ足を運ぶ。テッドの親父さんが王都から売りに来ているなら露店を出しているんじゃないかと考えたからだ。

「……にしても、妙だよな」

『なにが？』

「テッドの親父さんのことだ。食料危機なら家族の居る王都で確保しておく方がいいだろ？　それなのに遠くで売るってことは国の人間に危機が伝わっていないことになる……ま、食料危機自体が風太達を言いくるめる嘘だって可能性も否定できねえけど」

『あー』

　自分で言っておいてなんだが十分あり得る。他にいくつか考えられるけど、今のところは姫さん達が一番信用できねえからなあ。やっぱり向こうの国に聞いてみるのが一番早いか。

「おっちゃん、トムスっていう人を知らないか？　王都から野菜を販売しに来てるはずなんだが……あ、そっちの人も知ってたら教えてくれると」

　俺は思考を切り替えて、テッドとの約束を果たすため少しだけ聞き込みをすることにした。

　期待はしていなかったが、二人目の男が顎《あご》に手を当てて俺に返事をしてくれた。

「トムスか、あやつはよくここに顔を出すから知っとるよ。だけど三か月くらい前に来てから顔を見せなくなったわい」

「ああ、あの気のいい親父さんか！　三か月前にここで露店を出してて……それで……」

二人が首を傾げていると、怪しいツボを売っている人がポンと手を打って声をかけてきた。

「そうだ！　トムスや食料を売っていた商人が、見かけない連中に高値で買いたいと声をかけられてどこかへ行っていたぞ」

「どこかへ……？　ここで買うんじゃなくてか？」

「運べないから一緒に来てほしいって、馬と一緒に荷車を引いて行ったぞ。なんだ、知り合いか？」

「直接ってわけじゃねえけどな。サンキュー」

「お代はこいつでいいよ」

にまっと指でツボを弾きながら笑うおっちゃん。俺はしっかりしてやがるぜと銀貨一枚ずつ、話を聞いてくれた奴らに支払ってやった。

ツボと花とよく分からん石で出来たアクセサリーを一個ずつ貰い、この場を後にした。

『あっはははは！　高い買い物だったわね！』

「うるせえ、情報料だ。前の世界でもやってたろうがよ」

ちょっと……いや、かなり怪しい大量仕入れの業者のことを他に聞いてもあやふやな話ばかり。

もし隣国のスパイがロカリスの状況を知っていて親父さん達を誘拐《ゆうかい》しているのだとしても、メリットが思い浮かばない。

まあ三か月も前の話だ、情報が不確かなのも致し方ない。俺は聞き取りを切り上げ、宿を訪ねて一泊することにした。豪遊《ごうゆう》して酒とステーキを食い、ハリヤーも美味い飯をたらふく飲み食いしてご満悦《まんえつ》だった。

で、俺は昨晩の戦いを思い出しながら横になる。

ひとまず全盛期とまではいかないが、戦えることが分かったのは収穫だった。

ベッドに寝転がって掌を見つめているとリーチェが腹の上に乗ってくる。

『あんまり衰《おとろ》えていないわよね』

「いや、まだ感覚が思い出せていない。どうやって間合いを詰めていたかとか、魔法を効率《こうりつ》よく使っていたかとかな」

『……ゆっくりでもいいんじゃない？　魔王と戦うのはフウタ達になるだろうし』

「まあ、な」

◆◇◆

そんなこんなで生涯《しょうがい》現役を掲《かか》げている……かどうか分からないハリヤーを駆って再びエラトリア王国へ向かう。

もう一週間近く一緒にいるので情が湧いていて、こいつを肉にしようとしていたテッドを想うと涙してしまうぜ。

「悪いな、ご主人様と離れることになっちまってよ」

俺が首を撫でてそう言ってやると、『全然、大丈夫ですよ』といった感じで優しく鼻を鳴らしていた。できた馬である。

——あれから追手は来ていない。

気づかれていないのか、生死はどちらでもいいと考えているのか……？　まあおそらく後者だろうな。

この時点で姫さん達は俺を警戒していないと判断できる。後は俺を放逐して『なんか罪を擦《なす》り付ける』という可能性も消えた。追手を始末したことで俺がどこへ行ったか分からなくなったからだ。他に追手が来ていないのは始末した連中の報告待ちだからだろう。

ギルドを使っていたら状況によってはギルド同士の連携で場所の特定をされていたかもしれない。エラトリア王国のスパイだとか、異世界人の陰謀でこうなったなどと触れ回られて『落としどころ』として使われる可能性もあるだろう。

どういう状況でそうなるかって？　そりゃもちろん姫さんが戦争に負けた時だ。

そう考えると現状は水樹ちゃんが一番危険なんだが、それ故に魔法の使い方を仕込んでおいたってわけ。

そういや、ここまで移動してきたけど魔物に出くわさねえな？

さらに言うと魔族も見ていないんだよな。まあ、居ても邪魔だし今は金もあるから素材を売って金稼ぎ、なんてのは先の話で構わない。とりあえず国境を越えるのが先か。

国境付近でテントを張った俺は、スマホを取り出して風太に連絡をする。数コールの後、何日かぶりのイケメンボイスが聞こえてきた。

「リクさん！」

「おう、元気そうだな。どうだ、なんか進展はあるか？」

「夏那が強力な魔法を習得しましたよ。案山子が蒸発するくらいの……」

「そりゃ……元気すぎんぜ。お前は？」

「僕は風魔法と剣術を組み合わせた剣技を作っています！　ゲームでやっていた技を再現できるのはちょっと面白いかもって思っちゃいましたね」

若い時は俺もそうだったよと苦笑し、古いゲームの技をやっていたとかそういう話で盛り上がる。

夏那と水樹ちゃんは風呂に行っているようで今は風太だけだってさ。

水樹ちゃんは部屋でメイドさんと盤ゲームで遊んだり、寝ていたりすることが多い……ということだが、実際には隠れて魔法の訓練をしているようだ。

魔力操作ってやつは慣れだから、簡単な魔法を繰り返し使うことで応用に繋がるんだよな。

夏那は槍の扱いに慣れたが、動きはまだぎこちなく、騎士とのタイマンで苦戦するレベル。

だが、魔法は先述の通り上達が早いようで、かなり上の魔法を習得したらしい。勇者としての才能は高いようだ。

「リクさんは？」

「俺は明日からエラトリア王国に入る。もしかするとしばらく通話できないかもしれないから、一応言っておこうと思って電話した」

「……いよいよ、ですね。なにか掴めるかな……」

「掴むさ。そのために臭い芝居をやって出てきたしな。姫さん達の様子はどうだ？」

「特に変わりはないですね。たまに訓練場に来て僕と夏那を褒めて、食事で水樹を労《ねぎら》うようになったくらいかな？　あ、あと、聞いた話ですけど――」

姫さんの交渉は難航《なんこう》しているらしくエラトリア王国からの穀物《こくもつ》の輸入がさらに減るらしい。小麦なんかの穀物はエラトリア王国に頼っているが、その他は自国で補えるそうだ。

「なるほど、食料難とか言っている割に危機感がないのは、肉や野菜は自給できるからだな。だけど――」

「だけど？」

それだけで戦争をおっぱじめるだろうか？　と言いかけたが呑み込んだ。

余計な推測を伝えて、下手に風太がそれを口にして疑いをかけられても困る。なので話題を変えることにした。

「いや、なんでもねえ。引き続き姫さんの動向に気をつけろ。後、水樹ちゃんも気にかけるんだぞ」

「わ、分かりました」

「そんじゃな、また連絡する」

「二人と話さなくていいんですか？」

「居ないなら仕方ねえ、また次回――」

と、俺がリュックを枕に寝転がると、電話の向こうで夏那の声が聞こえてきた。

「ふいー、気持ちよかったぁ！　って、風太なにしてんの？」

「あ、もしかしてリクさん？　こんばんは、どうですかそちらは？」

「おー、水樹ちゃん！　帰ってきたのか」

「あたしも居るんだけど？」

「夏那ちゃんの湯上《ゆあが》り姿、見たかったなあ」

「なんで棒読みなのよ!?　そっちはどうなの？　リーチェは」

『ふあ……カナぁ？』

と、そこからは声をあまり上げずに近況報告をつらつらと述べる。

相棒の馬が増えたことを伝えると、夏那が乗ってみたいと手を叩いて喜んでいた。

「おっと……こんな時間か。そんじゃ、そろそろ寝るわ、気をつけてな。おやすみー」

「はい！　おやすみなさい！」

夏那は模擬戦のケガで打ち身があると話していたが、そのくらいなら、まあ大丈夫かねえ？

俺はなんとなく気分よく目を瞑って横になった。


そして翌朝、俺は国境へ足を運ぶ。

「エラトリア王国へはここから行けるのかい？」

「ああ、そうだ。いくつか国境はあるがここからでも行けるぞ」

「通っても？」

国境へ到着した俺はすぐにロカリスの衛兵へ通ってもいいか声をかけると、逆に質問をされた。

「……ロカリス国の王都から来たのか？　向こうの様子はどうだ？」

「あん？　どういうこった」

「いや、静かすぎるなと思ってな。エラトリア王国と揉《も》めているのは知ってるだろ？　それに加えて冒険者がこっちに流れてくるんだ、なにか知らないかと思ってな」

「揉めているのは知っているが、冒険者がそっちへ流れているのか？」

そんな話をしていると、エラトリア王国側から別の男が歩いてきて肩を竦めながら口を開く。

「俺はエラトリア王国側の人間だが、こっちも静かなもんだ。ウチの陛下《そっち》はロカリスのエピカリス姫に頭を悩ませているみたいだが」

「エラトリアにはそういう話が流れてくるのか？」

「交代の時にそういう話があったりするんだよ」

「はっ、いいのか？　隣国同士の衛兵がここでそんな話をして。いざ戦争が始まったら敵同士だぞ」

俺が笑いながらそう言うと、

「はは、さすがに戦争はねえだろ？　穀物の出荷を増やせってだけでよ」

「だよなあ」

と、楽観的な答えが返ってきた。

末端と言っていいか分からねえが、このあたりの兵士にまで話は来ていないようだな。知っているのは騎士団長クラスの人間と大臣ってところか。

後は俺と風太達……。

あ、そうか。俺を放逐して追手を差し向けたのは、俺が『戦争を仕掛けるかもしれない』ってことを知っているからか。

城で始末すりゃ風太達が訝《いぶか》しむが、ギルドに行くように仕向けておけば一応、俺のことを見放していなかったアピールはできるしな。監視も含めて。

姫さんがどこまで考えているか分からねえが、追手を始末されたのは誤算《ごさん》のはず。

「それで、通っていいのかい？　ツボを売りに行くんだが」

「なんだ、冒険者じゃなくて商人か？　売れるのかね？」

「知らねえよ」

「一応、エラトリア側は荷物検査をさせてもらうぜ？」

というかその程度でいいのか。

ギルドマスターのダグラスが思っているより面倒なことはなかったし、敵国だという認識を持っているのはロカリス国だけのような気がするな。

各人と姫さんの言葉にズレがあるのはどういうことだ？

荷物はほとんど収納魔法に突っ込んでいるから持ち物検査には大して時間はかからず、すぐにエラトリア王国へ潜り込むことができた。

「ウチの商工会ギルドは賑わってねえから、景気付けしてくれよ」

「おう、このツボから俺の快進撃が始まるんだ」

「売れねえよ⁉」

さて、予定では王都まで問題なければあと五日……トラブルなしで頼むぜ？

◆◇◆

リクがエラトリアの国境をまたいでいた頃、ロカリス城の謁見の間では、大臣のヨームがエピカリスに向かって、リクへ差し向けた追手についての報告をしていた。

「連絡が途絶えた？」

「ええ……金だけ持って逃げたのでは、とも考えられますが」

「ヨーム、彼らはわたくしが信頼を置いていた者達ですよ？」

「も、申し訳ございません……過ぎた口を」

エピカリスは膝を突いて報告するヨームに冷ややかな目を向けた後、すぐに顎に手を当てて考え込む。

「ではギルドはどうです？」

「それがダグラスと会話をしたようですが、ギルドカードは作らずに王都を出たとのことです」

「依頼も受けずにいったいどこへ……？」

「それが、監視されているのは面倒臭いのと、勇者達のお守りに戻されたらたまらないからとエラトリア王国へ逃げると」

「エラトリア王国へ？　……そうならないように後をつけさせていた者達でしたのに」

少しだけ困った様子でため息を吐いていると、ヨームが難しい顔をして口を開く。

「……まさか倒されたということは――」

「装備は良い物ですが、勇者でもない人間が六人の手練《てだ》れを相手に勝てるとは思えません。口は上手そうでしたし逃げきったのでしょう」

「……戦争のことは？」

「あちらの王に謁見を申し出るとは思えませんし、それはそれでいいでしょう。勇者達の準備も整っています。次の書状で良い返事が貰えなければ……戦いになるでしょう」

エピカリスがうっとりとした表情で言うと、ヨームが目を泳がせながら口を開く。

「……国王陛下は戦争を望んでおられるのでしょうか」

王族の命令は絶対だと信じているヨームだが、近頃違和感を覚えていた。

王妃は亡くしており、病気がちな国王に代わり娘のエピカリスが執政をしていることに不思議はない。だが、自ら戦争を起こすような真似をする性格ではなかったはずだ、と。

「ヨーム、時が経てば立場も変わります。今は民のためにできることをしなければなりません」

「それはその通りでございます」

「ならば、わたくしの言う通りにしなさい。そうすれば皆、幸せになれるのですから――」

そう言ってエピカリスはにたりと笑うのだった――

第五章　エラトリア王国へ

『リク、まだ来るわよ⁉』

「チッ、なんだってんだ。〈水弾《アクアバレット》〉！」

背後を警戒しているリーチェの声が街道に響き渡る。

俺は左手だけ後方へ向けて魔法を撃ち込むと、二本角のでかいウサギが腹に穴を開けて絶命する。

先ほど、この世界で初めて魔物に出会ったわけだが、実はエラトリア王国へ入ってから一時間ほど進んだところですでに三度の襲撃があった。

「これで四回目。こっちは魔物が多い国ってことか？」

『にしても不自然じゃない……？』

「まあな。だけど前に喚ばれた世界でもそういう地域がなかったわけじゃねえし、ロカリスがきちんと魔物を倒しているって考えりゃあ分からんでもない」

プラス、こっちはロカリスからの圧力で手が回っていないか、軍備《ぐんび》を整えるため魔物を放置しているかってところだろう。

「ハリヤー、悪いが少し急いでくれ！　王都に着いたら美味いもん食わせてやる！」

俺が叫ぶと『約束ですよ』という感じで初めて高い声で嘶き、速度を上げてくれた。

とりあえず先を急ぐ俺達だったが、昼間は魔物との戦いに追われていた。

夜は野営で危険そうだが、俺には〈結界《イージス》〉があるため、よほどのことがなければ問題はない。

昼間も使えばいいと思えるが、特殊な魔法陣《まほうじん》を描いてその内部にだけ効果があるため、移動中には使用できないのだ。


そしてそこから四日――

「とりあえず追撃はなしか」

『とんでもない国ね……。あ、リク、あれ！』

「お、到着か」

リーチェが指を向けた坂の上には城壁が見えていて、ようやく到着したかと息を吐く。

予定では五日の行程だったが、ハリヤーに無理をしてもらい都合四日でここまで来ることができた。

「助かったぜ、それじゃあと一息だ。頼む」

ハリヤーが一声上げてから歩き出す。

ここからなら周囲が見渡せるし、右でも左でも迎撃が簡単なので歩きでも大丈夫だろう。

背後を相変わらずリーチェに任せてハリヤーを歩かせていると、門に向かって武装した連中が近づいていくのが見える。

二十人くらいの部隊で、荷台に魔物を載せているところを見ると討伐《とうばつ》にでも行っていたのだろう。

「騎士団かな？　なかなかでかい獲物《えもの》を倒しているじゃねえか」

『それも荷車三台分か、やるわね』

まあこれだけ魔物が出るようじゃ冒険者だけだと手に負えないだろうし、そういうものかと呑気に分析などをしていたが、騎士達の近くで草むらが動くのが見え、そこに黒い影が這《は》いずっていることに気づく。

「蛇《へび》か……？　って、気づいてねえなあいつら！」

俺は慌てて騎士達に危機を知らせるべく大声で叫んだ。

「おおーい！　近くに魔物が居るぞー！」

「ん？」

一人、こちらに気づいて顔を向けるが、注目するのは俺じゃねえって⁉　くそ、こりゃ剣を抜くのが間に合わねえな‼

「〈氷刃《アイシクルソード》〉‼」

「おお⁉」

魔法を発動させた瞬間、氷の剣が疾《はし》り、蛇の背中へと迫る。

長さが五メートルくらいある蛇を串刺《くしざ》しにして地面に縫《ぬ》いつけると、ようやく騎士達も気づいたらしく、魔法と剣で蛇の頭部を集中攻撃して絶命させることができた。

「よう、無事かい？」

「ああ、助かったよ。僕達の位置からだと死角になっていて見えなかった」

そいつはよかったと握手を交わす。一人だけ鎧の色が違うからこいつがトップってところか？

すると別の騎士が敬礼《けいれい》をしながら俺に近づいてくる。

「先ほどの魔法、感服《かんぷく》しました！　名のある魔法使いとお見受けしましたが……？」

「いや、大したことねえよ。それよりあんた達、エラトリア王国の騎士団かい？」

「ああ、その通り……と、名乗っていなかったな、失礼。僕はニムロス、ニムロス・レンダーという。エラトリア王国の騎士団長をさせてもらっている」

やっぱりか、と青い髪をした男、ニムロスが頭を下げるのを見ながら思う。

それと同時に、プラヴァスの『親友』の話を思い出す。盤ゲームで遊んでいた時に話していた男の名前が確か……ニムロスだったはずだ。

こいつは僥倖。王都に来て早々のラッキーってやつだ。

そう思っていると、先ほど敬礼をした騎士も明るく名乗る。

「あ、わたしはフレーヤと言います！　団長、早く中へ入らないとまた現れますよ？」

「そうだな。旅の人、行きましょうか」

「……女の子だったのか」

「失礼ですね!?　どこから見てもそうですよ！」

と、フレーヤは騒ぐが、後ろに居た騎士達は苦笑しながら『いいこと言うぜ、あの冒険者』などと口々に言っていたのでこういう扱いで合っているようだ。

「俺はリクという。騎士のあんた達に頼みたいことがある」

俺は自己紹介と同時にニムロスへ問う。

「なんでしょうか？」

「……俺はロカリス国のお姫さんが召喚した異世界人のうちの一人。ちょっと確認したいことがあるからここの王に謁見を申し入れたい」

「「「……!?」」」

その瞬間、すぐに騎士達が俺を取り囲む。いい反応だ、好感が持てる。

それくらいの判断力と警戒心がなきゃ、騎士団なんてのはやれねえからな。

「大丈夫だ、武器は預ける。装備も外していいぜ？　なんなら拘束《こうそく》して連れて行ってくれてもいい。あ、馬は大事に扱ってくれよ？」

「……承知した。城に着くまで僕の隣で移動してほしい」

「オッケーだ。ああ、それともう一つ。プラヴァスの親友ってのはあんたで合ってるか？」

「そうだね。彼を知っているのかい？」

ビンゴだったようだ。

とりあえず俺はハリヤーから降りると小声でニムロスへ言う。

「まあ、召喚された時に世話になった。一緒に召喚された仲間はまだ向こうで軟禁状態だ。ちとキナ臭い雰囲気があって俺だけ抜け出したってわけさ」

「異世界人……儀式で召喚できると聞いたことはあるが……」

「こういうのは見たことねえだろ？」

にわかには信じがたいという目をしているニムロスに、俺は収納魔法からライターを取り出して火を点《つ》ける。

「これは、確かに」

「ライターってんだ。迷惑はかけねえ、頼むぜ」

俺の言葉に少し困った顔をするが、小さく頷いてくれた。堂々と正面から行くつもりだったから楽ができたと思おう。

さて、この国の状況を確認させてもらうぜ。

◆◇◆

――Side：水樹――


リクさんが出て行ってから数十日以上が経った今も、私はリクさんに教わった魔法の訓練を続けていた。

最初は物凄くぶっきらぼうな人だと思っていたけど、私達に親身になってくれた優しい人で、そんな彼は隣国のエラトリア王国へと旅立ってしまった。

理由は私達がこの国の人達に利用されないようにするためで、実際に私達だけだったらそうなっていたと思う。見知らぬ土地で勇者だと言われ、戦わされる……そうするしかないと流されていたのだ。

そもそも、風太君や夏那ちゃんは『勇者』だけど、私はそうじゃないみたいでエピカリス様や他の人達にはあまり歓迎されていない。

私は自分に自信がなく、人の目というものに敏感で『ああ、多分こう考えているだろうな』ということがすぐに分かってしまうのだ。

リクさんもお姫様に役に立たないと言われて部屋に一緒に居たから良かったけど、あの時、彼が居なければ不安で体調を崩していたに違いない。

そんなリクさんは別の世界で勇者をやっていた凄い人だった。

そして自衛《じえい》できるようにとこっそり魔法を教えてくれ、私は安心することができた。

「〈アイスキューブ〉……魔力は最小限に……うん、上出来」

コップに氷を出して、あらかじめ〈アクア〉という魔法で出しておいた水を冷やして満足する私。

本来はここまでできるようになるまで、相当時間がかかるらしい。才能があるとリクさんに言われたけど、誰かに褒められて認められることが少なかったので……嬉しかったなあ。

こんな状況下で……いえ、こんな状況下だからこそ怯えていられないと頑張った甲斐《かい》があった。

リクさんは旅立つ前にスマホを異世界で使えるようにしてくれたんだけど、三日前に最後の通話をしてから音信不通《おんしんふつう》になってしまい、私達は心配していた。

そして夏那ちゃんが何度目か分からない不通の音声を聞きながら口を開く。

「ダメ、電源が入っていないって」

「うーん、どうしたんだろう」

「ま、まあ、エラトリア王国に入ったからじゃない？　大丈夫よ！」

「夏那ちゃんは心配じゃないの……？」

「リクは強いんだから、ひょっこり連絡してくるわよ……」

そう言いながらも夏那ちゃんの表情は少し暗い。

制服のリボンを渡すくらいだから、もしかしたら風太君や私より信頼しているのかも？　夏那ちゃん、無理するところがあるもんね。

「……なに笑ってるのよ、水樹」

「ううん、夏那ちゃんって悪態《あくたい》をつくけどリクさんのことを一番心配しているかも」

「そんなことないわよ……！　あー、この話はやめやめ。リーチェが恋しいわ」

「そういえば仲良かったよな。そうだ夏那、さっきレゾナントに話しかけられてたけどなんだったんだ？」

風太君が夏那ちゃんに尋ねると、明らかに嫌な顔で膝を抱えて話し出した。

「あの筋肉馬鹿、『オレの女になれ』とか、後で部屋に来いみたいなことを言い出してさ、冗談じゃないって脇腹《わきばら》にパンチ決めてやったわ」

「そ、そんなことを言われたの⁉」

「そ。水樹、あんたも気をつけた方がいいわよ？　あたし達の目が届かない時に男と二人きりにならないよう注意しなさい」

「……だな。水樹になにかあったら大変だ。夏那も一人になるなよ？　トイレの時も僕と一緒に行こう」

「そうね」

部屋に……って、多分そういうことだよね……。私達はまだ十七歳だけど、この世界は十六歳で成人とみなされるってメイドさん達が言っていたっけ。それにしたってまさか『勇者』である夏那ちゃんに言い寄るとは思わなかった。

そうなるとさらに価値のない私は簡単に思い通りになる、と考えられていてもおかしくない。こういう時リクさんならどういう判断をするかしら……。

ふざけんなって言って笑う？　メイドさんと常に一緒にいるように頼む？

……違う。多分、あの人なら——

「ねえ、風太君、夏那ちゃん。お願いがあるの」

「「？」」

◆◇◆

翌日、私達は三人揃って訓練場に顔を出していた。

「おお……」

「あれがもう一人の異世界人？」

「髪が美しいな、絹《きぬ》のようだ」

「はいはい、水樹に近づかない！」

夏那ちゃんが手を叩きながら騎士さん達を散らす。それから赤い髪の人とプラヴァスさんの前へ三人で行き、そこで風太君が二人へ話し出す。

「昨日、お話しした件を受けてくれてありがとうございます」

「いいや、大丈夫だよ。確かにずっと部屋にいたら気が滅入《めい》る。こちらも気が利かなかった」

「すみません、無理を言って……」

「ほう、これはなかなか……カナもいいが……」

と、嫌らしい目を向けてくる赤い髪の男性を、プラヴァスさんが叩き私にこっそり耳打ちしてくる。

「リクから君達のことは頼まれているから安心してくれ」

「……！　ありがとうございます」

そこで風太君が私の装備を持ってきてくれ、胸当てと弓を手にする。

「弓なのか、珍しいな」

「向こうの世界では『弓道』というものがあって、私はそれをやっていたんです。集中力を使いますけど、いいストレス発散になりますから」

――そう、私は二人と一緒に訓練をするという手を採《と》った。

これなら一緒に居ることができるし、気晴らしにもなるからという算段だ。魔法はリクさんが居ないとこれ以上新しいものは覚えられないので、この選択は大胆だけどアリだと思う。

「……っ」

「おー、さすが水樹……！」

「やるね」

一射して的に当てると二人が感嘆の声を上げて喜んでくれた。風太君に褒められると顔が赤くなるので、私はそっぽを向いて『ありがとう』と返していた。

和弓とは違うからちょっと難しいけど、練習すればなんとかなる、かもしれない。

帰ってきた時に驚いた顔をしたリクさんを思い浮かべて、私は練習を開始するのだった。これでいいですよね、リクさん？

◆◇◆

そんな訓練の様子を、エピカリスは廊下から冷ややかな目で見つめていた。

「……よろしかったのですか、エピカリス様？」

ヨームが恐る恐るといった感じで尋ねる。

「まあ、少しくらいならいいでしょう。……しかし、彼女は勇者ではありませんし、戦争を言い訳にどこかの国に引き渡してもいい頃かもしれませんね。わたくしはしばらく部屋に篭《こも》ります、後は任せますよ」

「……承知しました」

◆◇◆

――ニムロスと一緒に通りを移動して真っすぐ城を目指す中、商店街や人々の様子を確認しながら歩いていると、フレーヤが俺の顔をじっと見ていることに気づく。

「……どうした？　俺がかっこよくて惚れたか？」

「そんなわけありませんよ⁉　出会ってすぐ好きになるなんてあり得ませんからね。ふふん」

「ならどっかで惚れる可能性があるな」

「あ、ありません！」

風太達三人と同じくらいの歳かと思いつつからかっていると、フレーヤは口を尖らせながら俺に質問してくる。

「リクさんは本当に異世界人なんですか？」

「あー、さっきライター見せたろ？　他になんかあるかなー」

「フレーヤ、後にするんだ」

「は、はい、すみませんニムロス団長！　大丈夫かなあ……？　え、お馬さん？」

訝しむフレーヤにハリヤーが近づいていき、『ご主人は大丈夫ですよ』という感じで鼻を鳴らしていた。

できた馬だなこいつ。まあ伝わっていないと思うが。

それはさておき、一番分かりやすいのがあるじゃないかと思い、俺はマントの下に隠れているリーチェを呼ぶことにした。

「おい、リーチェ。ちょっと顔を出してくれよ」

『大丈夫？　まあ、いいなら出るけど』

ふわりと俺の懐から飛び出したリーチェがニムロスの前を飛び、他の騎士達の顔を見回した後、ハリヤーの頭に腰かけて腕を組んで口を開く。

『いい男はそっちの人だけねえ』

「な、なんだ——」

「きゃー！　なんですかこれ！　ちっちゃい！　可愛い！」

『ぎゃー!?　潰れるぅぅ!?』

「あ、ごめんなさい！」

ニムロスがなにか言いかけたがフレーヤの叫び声に打ち消され、次の瞬間にはリーチェはフレーヤに握られていた。その様子を見て、俺はくっくと笑いながら説明に入る。

「こいつは人工精霊のリーチェ。俺のお供ってところだな。こういうのはこの世界に居るのかい？」

「……いや、こんな小さな種族は居ない……と思う。他の地域なら居るかもしれないけど、少なくともエラトリア王国には存在しないね……」

「団長、こりゃすげえですよ」

他のメンバーもごくりと喉を鳴らし、フレーヤの手の中に居るリーチェを見て呟いていた。あっちの世界でもリーチェはＳＳＲクラスのレア度を誇るからな。

「ということでどうだいフレーヤちゃん、信じる気になったか？」

「ですね……！　わたしお人形さん遊びとかさせてもらえなかったから憧れてたんですよねー！　……ぶべ!?」

感動しているフレーヤの手からリーチェが逃れ、顎に頭突きをしながら激昂する。

『わたしを人形扱いするんじゃないわよ。あー、びっくりした。リクの頭の上に避難しとこ……』

「えー、リクさんばっかりずるいー。後、叩かないでください！」

「こりゃ俺のだからな」

「……」

ニムロス達は荷車を引きながら俺をじっと見ていたが、とりあえずスルー。

信用を得るのはまだ難しいだろうが、今は、異世界人であることが伝わればいい。

――にしても、だ。

町並みはロカリスと変わりがないものの、活気には雲泥《うんでい》の差がある。

人通りは少なく、歩いている人がいてもどこか不安げで楽しそうな雰囲気がないのだ。

さらに露店はまったく開いておらず、商店は武具屋か雑貨屋くらいで野菜や果物は特に少ない。

肉は家畜や魔物がいるから供給できるってところか？

「寂《さび》れてんなあ」

「ああ、ロカリス国との問題は深刻だ。それ以外にも頭を悩ませていることがあってね。そのあたりは謁見で話そう。向こうの情報も教えてくれるかな？」

「そうだな、ギブアンドテイクといこうぜ」

俺はにやりと笑みを浮かべながらそう答える。

やがて城へと到着すると適当な部屋へ案内された。

「ここで待っていてくれ、着替えてくるよ」

「ごゆっくり」

『あんたも行きなさいよ』

「うう……リーチェちゃん冷たい……。逃げないでくださいね、リクさん！」

「おうおう、早く行きなって」

ニムロスとフレーヤが部屋から出て行き、部屋には俺とリーチェの二人だけになる。

謎の人物を放置するあたり甘い気がするが、まあ外に出たらなにかしら対処するんだろうな。

『全部喋っちゃうわけ？』

「ひとまずロカリスがどういう要求をしてきているかの確認だな。姫さんが悪いのか、エラトリアが我儘《わがまま》を貫いているのか？　そこの見極めが肝心だ」

片方の意見だけを聞いて物事を決めるのは、ブラック企業だけで十分。

双方の言い分を吟味《ぎんみ》したいってのがここに来た理由だ。

……実のところ風太達三人を連れて逃げてもよかったんだが、金や装備は必要だし、足掛かりとなる拠点は欲しい。それがロカリスになるかエラトリアになるか、それを調べたかったというのもある。

我流に近い俺があいつらを鍛えるより、最初の基礎は現地人に教えてもらった方が後で応用が利くからな。

だが町中を見る限りだと、黒なのは向こう《ロカリス》っぽいがな。食料問題はただの口実でこの国を獲りたいって感じがする。が、それにしては強引すぎるとも思う。

俺が考察を重ねているとリーチェが俺の頭の上で口を開く。

『そういえばカナ達に連絡は？』

「魔物が多くてそれどころじゃなかったし、ニムロス達と出くわした時点でスマホに意識を取られないよう電源を落としたよ」

『そっか、残念……』

心配じゃないってわけでもないが、昔の俺でも切り抜けられたんだ。そこは若い力を信じよう。

そんな話の後、しばらく目を瞑って時間を潰していると、

「……リク、陛下が謁見をしてもいいと言ってくださった。一緒に来てくれ」

とニムロスから声がかかった。

いい判断だぜ国王様、と思いつつ腰を上げる。

「よろしく頼む。剣はお前に渡しておくよ」

「はは、律儀だな。行こう、早く情報が欲しいそうだ」

『あ、フレーヤって子は来させないでね！』

「ふふふ、呼びましたか？」

『でたぁぁぁ⁉』

仲の良い二人は置いておき、俺はニムロスの言葉に小さく頷いて部屋を後にした。

情報が欲しいのはお互い様ってな。

「リク殿をお連れしました」

「おお、待ちわびたぞ、入ってくれ」

少し悲愴《ひそう》感の漂う声が扉の向こうから聞こえ、ニムロスが重苦しい扉を開けて俺とフレーヤを引き連れて中へ入る。

長く赤い絨毯《じゅうたん》が奥まで続き、少しの段差の上に玉座が二つ。そこに顔色は悪いが精悍《せいかん》な顔つきの男……国王が居て、俺達に目を向けていた。

両脇には騎士が左右それぞれ二十人ずつ。

怪しい人間に対する防備《ぼうび》としては合格だが、相手が俺と考えれば不足だな。不意打ちで半分は殺せる……っと、いけねぇいけねぇ。

敵と決まっていない相手を品定めするのはやめろとティリスに叱られていたことを思い出す。

他には美人な姉ちゃんが二人……歳の頃を考えると国王の娘って感じの人間も横に立っている。

王妃らしき人物も片方の玉座に座っているので一家総出ってところだが迂闊《うかつ》としか言えない。

……が、まあそこはいいだろう。

そんなことを考えながら彼らの眼前まで歩いていくと国王が初めに口を開く。

「そなたが異世界人と口にした男か？　私の名はゼーンズ。エラトリア王国の王を務めておる。こっちは妻のマドリー。娘二人はまた後で紹介しよう」

「初めまして、お名前を聞かせていただけるかしら？」

娘二人はスカートの裾《すそ》を少し上げて会釈《えしゃく》をし、王妃が困った笑顔で尋ねてきたので片膝を突いて返す。

「お初にお目にかかります。俺の名はリク・タカヤナギ。リクと気軽に呼んでください」

「リクか、楽にしてよい。して、異世界から来たとのことだが経緯を教えてくれるか？」

「ええ、それが――」

俺は勇者候補とされている若者と一緒にロカリス国に召喚されたこと、四人中俺ともう一人が勇者としてではなく間違えて連れてこられたことを告げる。

さらに、俺には力があり、勇者はまだ力を付けている途中ということも伝えた。

「勇者召喚の儀が存在することは知っていたが。魔王に対抗するために喚んだのだろうか？」

「そこがちょいと微妙でしてね、ロカリス国からなにか要求を受けていませんか？　もしよかったらそいつをお伺いできればと思うんですが」

「……なにか知っているのか？」

「少しだけ。その情報のすり合わせってやつをやりたくてここまで来たってわけです」

俺が立ち上がって笑顔でそう言うと王妃が俺に問う。

「あなたがロカリスのスパイでないという保証がないのに教えろと？　わたくし達にメリットがあると思えないのですが」

「……ま、俺みたいな怪しい奴の言葉は信用ならねえよな。メリットはない。だがデメリットもないとは思わないか？　もし俺がスパイなら――」

「きゃっ……!?」

「この可愛い娘さんの首と胴体がおさらばしてるぜ？」

俺は素早く国王の横に居る姫のところへ移動して、首筋に指をトン、と置く。

目を丸くする一同。

しかしすぐに我に返った騎士が俺に向かってくる。

「貴様……！」

「リク、姫様から離れるんだ」

「大丈夫だ、なんにもしねえよ――」

「……速い」

俺は騎士の手を逃れて再びニムロスの横に立つと、ポケットに手を突っ込んで振り返り国王へ言う。

「こういう得体の知れない相手の前に非戦闘員は置かない方がいいと思うぜ？ と、こんな感じで俺はそこそこやれる。もしかするとあなた達の助けができるかもしれねえ。どうだ？」

「……むう、た、確かにデメリットはない……か。もし……もしその力で我々を助けてくれるのなら――」

「お父様……」

拳《こぶし》を握り震えるゼーンズ王はロカリスから、いやエピカリスからの条件を語り出した。

内容はまあブラックと言って問題ねえレベルで、これまで通り野菜や木材の交易をしてほしければ穀物の量を今の三倍寄こせと言ってきたらしい。

無茶な要求なので断ったところ、野菜と木材の輸出量を今までの半分にされたとのことだ。

逆に穀物を輸出しないようにストップしてやればいいと思うが、エラトリア王国は森よりも草原地帯のような広々とした土地の方が多く、木材の輸入を完全に止められるとかなりの痛手のようだ。

だから持ちつ持たれつの関係で上手くいっていたにもかかわらず、ここ五年の間で輸入が少なくなり、別の国から以前のロカリスよりも高い値段で、足りない木材や野菜の買い入れをしているらしい。

他国はロカリスよりも遠いので食べ物の供給が徐々に減っている有様だ。

「――それでも狩りをすれば肉は手に入ると考えていたが、ここ一年あまりで凶悪な魔物が増えてきてな。冒険者だけでは手が回らず、騎士団を出す始末なのだ」

「それでさっき出ていたのか」

「そうなんですよ……村も襲われるし、狩っているのか狩られているのか分からないくらいです」

フレーヤがリーチェを頭に乗せて俯《うつむ》く。元気そうなこいつがこんな顔をするあたり苦労が窺えるな。

エピカリスが黒ってことで概ね当たりか。

追手を俺につけていたくらいだから腹は黒そうだったがこれで確実。

そもそも姫さんの言うことと、ロカリス王国の状況がチグハグだったから八割がたエラトリア王国を信じていいだろう。

とりあえず俺はこっちの味方《エラトリア》になるとして、次の手を考えないといけねえな。

なにかって？

現時点じゃ『要求を呑むか否《いな》か』というだけの政治的な話だ。その回答で戦争するかどうかを決めようとしているエピカリス達を、逆にぶちのめすのはちょっと違う。それじゃ同じ穴のムジナだ。

戦争が始まりゃ討伐する口実になるが、犠牲が増えるからその前に手を打ちたい。

……ところなんだが、風太達も居るしどうすっかなあ。

他にも脛《すね》に疵《きず》がありそうな話がねえか聞いてみるか――

「他にはなにか言われていませんか？　もしくは向こうより有利を取れそうな話があれば」

「ふむ？　なにかあるだろうか……」

もう少しなにか欲しいとゼーンズ王に尋ねてみたのだが、頼りねえな、と俺は胸中でため息を吐く。

まあ、それまでロカリスとはいい関係を続けていたんだろうから信用していただろうし、悪いところは見えておらずパッとは出てこねえのかもとは思う。

味方だと思っていたやつに後ろから刺されるのは気の毒だとしか言えない。

「なんでもいいぜ、こっちが行動したら向こうが困るだろうって小さいことでもな。それとも要求を呑むか？」

「それはできん。期限ギリギリまで策を考えているが、こちらも迎《むか》え撃《う》つ準備をせねばと思っておったところだ」

「できればその前に片付けたいんだけどなあ。姫さん……いやエピカリスの弱点があれば一番だが……」

俺がそう口にした瞬間、娘のうち一人がおずおずと話し出した。

「あの、リク様……私はソルシエと申します。あんまりお役に立てないかと思いますが、昔のエピカリス様はこんなに冷酷《れいこく》なことを言う方ではありませんでした。誰かに騙されているということはありませんか？」

「どうかな……俺は食事で顔を合わせていたけど、理不尽な要求をしてきそうな態度だったぜ。大臣達もエピカリスに従っている風だったから、吹き込まれているってより独断な気がする」

と、そこでふと気になったことができたので、俺は首を傾げてその場に居る全員に尋ねてみた。

「ロカリスの国王はどうなっているんだ？　国を取り仕切っているのがエピカリス一人だったような感じがするんだが」

「代替《だいが》わりしていないはずだから、ギブソン王だな。しかし異世界人を喚んでおいて王が顔を見せないとは不思議だな……」

「なるほど……それじゃ念のため聞いておきたいんですが、あっちの姫さんはあんた達が魔王に操られていると語っていたが、そのあたりはどうだ？」

最初にそんなことを言ってたのを思い出して、俺は周りを見渡しながらそう口にする。

エピカリスは途中から『協議』のことばかりを言っていたが、風太達に説明する時、確かに『魔王に操られている隣国を倒してほしい』と話していた。

俺の言葉に騎士達が剣に手をかけたり睨みつけてきたりと、いい感じに荒れた様子が窺える。だが、ゼーンズ王はそんな騎士達を手を上げて制すると、代わりに怒声を浴びせてきた。

「そんなことがあり得るはずなかろう！　むしろ我々は……あ、いや、貴殿には関係ないことか。……いずれにせよ、要求は受け入れられん。それに我らをよりによって魔王と手を組んでいるなどと……ロカリスと国交を断つのもやむなしだな……」

「それは構いませんが、このままだと攻めてきますよ？　それについてはどうするんですかね？」

「……やるしかあるまい。幸いと言っていいか分からんが、今、この国は魔物が多い。それらを利用すれば勝機は見いだせるだろう」

ゼーンズ王は拳を握って手すりを殴りつつ言う。

「リク殿、情報提供に感謝する。すまんが謁見は終わりだ。また聞きたいことがあれば呼んでもよいか？」

「それはもちろん。私もニムロスかフレーヤ経由でなにか尋ねるかもしれませんが」

「構わない。しかし、向こうに残してきた仲間が気になるのではないか？」

「ええ。しかし戦争が始まったらあいつらを連れて逃げますけどね」

俺がそう言って肩を竦めるとゼーンズ王は『変な男だ』と笑い、下がるように告げた。

謁見の間を出ると最初とは違う部屋へ案内される。

「……結局、解決策は出なかったか」

移動中、ニムロスがため息を吐きながら言う。

「しゃあねえよ。あまりにも一方的な話で、正直なところゼーンズ王には同情するね。あの人、臆《おく》病《びょう》ってわけじゃねえけど優柔不断《ゆうじゅんふだん》だろ」

「おお……権力に屈しないタイプ……そうですね。陛下は優しすぎるきらいがあるかもしれません」

「フレーヤの言う通り、陛下は今回の件でずっと頭を悩ませていた。断るのは簡単だけど、その後で戦争になれば民や僕達が痛い目を見るのは分かっているからね」

だからこそギリギリまで交渉に応じていたんだろうな。

聞けば妥協点《だきょうてん》や落としどころをきちんと交渉し、お互いの領地間で会談もやっていたがエピカリスは頑《がん》として譲らなかったようだ。

まあ、全員思っていることだろうが、彼女をそこまで戦いに駆り立てるものがなんなのかってところだろう。

もしかしたらロカリス側が魔王に脅されている可能性も考えられるが、そうだとしたら『勇者』を召喚する理由が思いつかねえんだよな……魔王にとっての天敵《てんてき》なんだし。

「この部屋を使ってくれ。君なら下手なことはしないと思うが、一応監視は付けさせてもらう」

「任せてください、このフレーヤが責任を持って変なことをさせないようにしますから！」

「えー……どうせならもっと出るとこ出ている姉ちゃんがいいんだけど……」

「失礼ですね！　どうりで姫様達を嫌らしい目で見ていたはずです！　ここから出しませんからね。でもリーチェちゃんは出てもいいです！」

ない胸を反らすフレーヤ。

少し長めの前髪をした金髪ショートカットと、ぱっちりした目は、女の子だと気づけば可愛らしいとは思うが……ギリ高校生、お世辞《せじ》抜きなら中学生くらいの体型だ。夏那よりも薄いから騎士向けではあるのかもしれない。

さて、それはともかく少し情報をまとめると、収穫はあまりなしという現状にため息を吐く……なんてことはない。どうやらロカリスとエラトリアが敵対しているのは本当らしいが、エラトリアが魔王の支配下にあるという姫さんの話はフェイクのようだ。

この辺はさっきまではまだ推測の範疇《はんちゅう》で、ここがマジに魔族に支配されていたなんてことになっていたら面倒だっただろう。ひとまずエピカリスが当面の敵ってことがハッキリ分かっただけでも十分だ。

そうなると後は風太達を連れて逃げるだけだが問題がある。

ロカリス国がエラトリア王国を倒した後は、魔王との戦いに備えなければならない。そのために勇者を召喚したんだから当然だ。そこであいつらは水樹ちゃんを人質として使おうとすると俺は踏んでいる。

一番いいのは戦争をさせないことで、運悪く始まってしまった場合は、戦争を停止させること。最悪、戦いの最中に三人を連れて逃げる必要がある。

ただ水樹ちゃんを戦場に出すとは思えないから三つ目の案は、まあ難しいか。

「むう……」

「難しい顔をしていますねえ」

『あんたはなんで部屋に居るのよ……』

「そりゃ監視役ですから！　団長の依頼、これは頑張ったらご褒美が――」

ソファに座り、リーチェを頭に乗せて得意げに語るフレーヤ。

外で見張るように言われ、外には他の騎士もついているんだが、なぜかこいつは部屋に入ってきてくつろいでいたりする。

「ははは、こやつめ」

「え？　ひゃあ!?　え、ちょ、リクさん……？」

「……部屋には鍵がかけてある。騎士達にとっちゃ俺が部屋から出ない方が助かる。そしてちんちくりんだがお前は女で俺は男。後は、分かるな？」

俺はソファに座るフレーヤを押し倒してにやりと笑う。すると察した彼女は青い顔をして口を開こうとするが、俺はそれを手で塞いでやる。

「……!?　ま、まさ……むぐっ!?」

「くっくっく……調子に乗りすぎたな？」

「むぐううう!?」

と、目を瞑ったところで俺はフレーヤを抱きかかえてベッドへ投げ捨てる。

「うぎゃ!?」

「はっはっは！　びびったか？　これに懲《こ》りたら出て行くんだな。迂闊《うかつ》に男と二人きりになるんじゃねえぞ？」

『よくやったわ、リク。処刑の時間よ……って脅かしただけ？』

調子に乗っていたので思い知らせてやるかと芝居を打ったが効果はあったようで、ベッド上で呆然とするフレーヤ。

物騒なことを言うリーチェはさておき、俺は空いたソファに寝転がって再び考え事を始めると、頬を膨らませたフレーヤが口を開く。

「びっくりしたじゃないですか……！　ま、まあ、わたしの魅力にやられたのなら仕方がないことですけども！」

「ちんちくりんが言うじゃねえか。おら、さっさと出て行けよ」

あんましこっちの世界の人間と関わりたくねえからな。

俺がしっしと手で払ってやると、フレーヤは嫌そうな顔でベッドから降りて出口へ向かう。

だが、途中で立ち止まると俺に顔を向けてポツリと呟く。

「……戦争、始まってしまうんですかね」

「……」

「確かにわたしは魔物達からお父さんやお母さんを守りたくて騎士団に入りましたけど……人間同士で争うために入ったわけじゃ……」

「それ以上はやめとけ。ゼーンズ王だってそのつもりで軍備を増強しているはずはねえからな」

まあ、なんだ、不安だったんだろうなこいつも。

魔物とやたら戦わされ、戦争だなんて言われたらそうなるのも無理はねえ。

で、同じ騎士団連中にそんなことは言えねえから俺にってところか。初対面の男に話すくらいだからよほど追い詰められているのかもな。

「あんま考えるな。これぱっかりはなるようにしかならねえ」

「はい……」

と、フレーヤは俯いてからなぜか戻ってきて、俺の寝転がっているソファに座った。

「外で騎士と待ってろって」

「もうちょっとだけ、リーチェたんと……！」

『仕方ないわねえ』

それから、ハリヤーほどではないが気が利く人工精霊も加わり、適当な会話をした。その後、フレーヤが眠ってしまったのでベッドに寝かしつけてから、適当に歯を磨《みが》いて俺もソファで横になる。

さて、どうするかと決まらない先を考えながらいつの間にか眠りに就いていた。

そして――

「……!?」

『な、なに、今の音!?』

地響《じひび》きのような物凄い音と振動で俺とリーチェは飛び起きる。

ベッドに目を向けるとフレーヤも目が覚めたようで、冷や汗をかいて座っている……が、ちと様子がおかしいな？　怯えているようにも見えるがなぜだ？

扉の外から声が聞こえる。

「またか……！」

「隊長達が迎撃にあたっている、お前達も来い！」

「し、しかし異世界人が……」

「魔族の方が先だろうが！　フレーヤが中に居るんだろ、行くぞ！」

外の兵士の会話を聞いて、俺は小さな声で呟く。

「魔族だと……？」

よく分からねえが、どうも魔族に強襲《きょうしゅう》されたらしく外は騒然《そうぜん》となっていた。

対応に当たるため、俺の監視を外すくらいには危機ってことか。

「……よし。魔族の顔を拝《おが》んでやるか」

「わ、わたしも……い、行かないと……」

『顔が真っ青よ？　ここに居た方がいいんじゃない？』

リーチェの言う通りフレーヤの顔は青く、唇も小さく震えていた。だが、彼女は鎧を着こんで剣を腰に下げると顔を叩いてから扉へ向かう。

「行きます……!!」

「おし、俺も連れて行け。魔法は使えるから役に立つぜ」

「お願いします。責任はわたしが取りますので」

頼もしい言葉だが膝が笑っているぜ、とは言わずにフレーヤの後を追う。

廊下を走る途中で数度の振動が起こり、怒声が聞こえてくる。

「おっと、念のためっと」

「顔を隠すんですか？」

「まあな」

顔が割れるのはなるべく避けたい。目だけならバレねえだろ。

『上みたいね！』

「ええ、あいつらは屋上で交渉をしてくるんです」

俺は口元に適当なタオルを巻き、フードで頭を隠しながらリーチェとフレーヤの会話を聞く。

口ぶりからすると何度もここに現れているって感じだな……？

兵士や騎士をかき分けて通路を進むと、外で人型の魔物とドンパチやっているのが窓から見え、これが振動の正体かと舌打ちをする。

とりあえず本命の顔を拝むとしますかね。

◆◇◆

――魔族。

俺が前の世界で戦った奴らは、二足歩行で人間に近い者から、頭や体が動物のようなタイプまで存在した。人間に近い形をしている方が偉く、力も強い。

賢い奴も多数で、人間のフリをして溶け込んで作戦を遂行《すいこう》するなど様々だ。

小説を読む奴ならお馴染みの吸血鬼《ヴァンパイア》なんかがいい例だろう。

向こうの世界では堂々と貴族として君臨《くんりん》して若い女を食い物にし、しかも足がつかないよう少しずつ……なんてこともあった。

さて、それを踏まえて、こっちの世界の魔族も交渉をしてくるってことは、とりあえず賢い相手ではありそうだがどうかね？

外からも見えた塔のような形をした建物の中にある螺旋《らせん》階段から屋上へ行けるらしく、三人くらいなら並んで歩けそうなその階段をフレーヤと共に駆け上がっていく。

「お、あれは……」

「姫⁉」

途中で、エラトリアの姫さん姉妹が目に入り、フレーヤは驚いて声をかけ、続いて俺も口を開く。

「おいおい、なにやってんだ」

「わ、私達もなにかできればと……」

「もし攫《さら》われでもしたら困るのはゼーンズ王と騎士達だ、いいから戻ってろ。ゼーンズ王は屋上か？」

謁見の間で俺に意見を言ってきたソルシエに尋ねると、震えながら小さく頷いていた。事態は一刻を争う状況らしい。

そのままさらに上がると開け放たれた鉄製の扉が目に見えたので飛び出る……ことはなく、俺はフレーヤだけを先に行かせることにした。

「俺はここから様子を窺う」

「分かりました、ここはわたし達だけでなんとかします！　ほら、他に人も来ましたし、行きます……！」

「フレーヤ、無茶をするなよ」

フレーヤが兜《かぶと》を装着して飛び出ると、数人の騎士も追っていく。

俺がそっと陰から様子を窺うと、それらしい奴が立っていた。

青白い顔に少し尖った耳、そして胸があった。

女性タイプの魔族か。切れ長の目はなかなか美人ではあるが、両脇に立つドラゴンの鱗《うろこ》みたいな肌をしたでかい魔族が台無しにしている。

ゼーンズ王が魔族に向かって叫ぶ。

「懲りずにまた来たのか。わ、我々は貴様らには屈したりしない！」

【フフフ、強がりを……私達の傘下《さんか》になれば力を与えてやるというのにな？　そうすれば隣国を亡《ほろ》ぼして領地改革ができるぞ？　まあ、等価《とうか》交換で魔王様に娘を差し出す必要はあるけどね？】

「可愛い娘を差し出すなどあり得ん……！」

「陛下、魔族の言うことに耳を傾ける必要はありません、お下がりください！」

「仕掛けるぞ、騎士達は取り巻きを叩け！」

ニムロスともう一人、装備が他と違う奴が、場に居る全員に声をかけて鼓舞すると、フレーヤを含めた総勢十五人が一斉に攻撃を始める。

【あら、今日も決裂かしらぁ……なら、また痛い目に遭ってもらうわね！】

女魔族は口を大きく開けて笑いながら黒い羽を広げて少し浮いた。

飛べるタイプか……厄介《やっかい》だな。

もしかしたらこの世界には飛べる魔法があるのかもしれないが、見た感じ魔法を使う騎士はいても空を飛ぶ奴はいない。

空中の相手は引きずり降ろさなければ一方的にやられるし、俺も昔は相当苦戦した。

「つあぁぁ!!」

戦い自体はニムロス達がでかい魔族を翻弄《ほんろう》しているので、あの二体の強さはたかが知れているか。

だが、女魔族が空中から魔法を降らせているので被害は徐々に増えていく。

『た、助けないと！』

「……こいつらのやるべきことだ。まだ、早い」

俺が静観しているのは、なにか弱点がないかを見極めたいのと、この国の問題はこいつらが解決すべきと考えているだからだ。

『あ、魔族の尻尾を斬ったわ、フレーヤやるじゃない』

「おう、他の騎士もなかなかやるぜ」

練度は悪くねえ。しっかりフォーメーションを組んで二体の魔族の対応をし、女魔族には魔法で牽制するグループも居る。

外で戦っている人間が集まれば撃退はできそうだが、やはりネックは空中の女魔族か。

「はあ……はあ……ま、負けるもんか」

「焦るなフレーヤ、確実に倒すぞ……！」

【フフフ……相変わらず強いわね】

「いつもみたいに尻尾を巻いて帰るがいいさ。陛下の言う通り我々は屈しない」

ニムロスが一体目の魔族を斬り伏せて剣を女魔族に向けると、

【ふふ、生意気な……】

奴はスッと真顔になり、手を上に掲げて口を開く。

【〈ゲヘナフレア〉】

「な!?」

驚く騎士達だが、それも無理はねえ。拳ほどの大きさをした炎の塊が嵐のように降り注いだからだ。

鎧と兜があるので絶命とまではいかないが、逆転するには十分すぎる一発を食らい、全員……いや、ゼーンズ王以外は倒れていた。

「ぐ……こんな魔法があるとは……」

「わ、私だけ無事、だと？」

そう口にして、騎士達に視線を向けるゼーンズ王。

【騎士達はそこで這いつくばっていなさい。さて、分からずやの王様。フフ、両腕を失っても粋《いき》がっていられるかしらねぇ】

瞬間、女魔族の指先からビームのような光が走り、ゼーンズ王の太ももを貫いた。

「ぐ、あああああああああ!?」

【あ、ごめん間違えちゃったぁ♪　ま、折角だし私の手で腕もねじ切ってあげましょうか】

チッ、これ以上は無理か……！　奴が地上に降りてゼーンズ王へ迫ったので、俺は屋上へと飛び出した。

【大丈夫、殺しはしないから！　まだ役に立つからねぇあなた達は！】

「や、やらせませ……ん！」

【貴様……!?】

あの馬鹿!?

近くで倒れていたフレーヤが急に起き上がり、剣を女魔族の手に突き刺していた。

それで倒せる相手ならいいが――

「や、やった……」

【血……血が出ている？　……小娘が！　この私の肌に傷をぉぉぉぉぉ！】

「あ……？」

――俺が駆けつけるよりも早く、女魔族の手刀がフレーヤの胸を貫いていた。

あれはマズイ、意識があるうちに回復しないとフレーヤが死ぬ。

現地人でなるべくなんとかしてほしいと考えていた俺は、飛び出すタイミングを誤ったかと舌打ちをする。

全身に力をみなぎらせながら最短距離を計算し、数秒でそれを終えた俺はすぐに身を低くして、足のバネを十全に使って地面を蹴る。

「う……」

【死ね！】

「させるか……！」

トドメを刺そうと拳を振り上げた女魔族を俺は全力で蹴り飛ばし、崩れ落ちるフレーヤを支える。

【ぐあああああ⁉】

「リク……さん？」

「喋んな。そのまま寝てろ。〈妖精の息吹《ミドルヒール》〉」

魔法形態が違うのを悟られたくないので小声で回復魔法を使った。フレーヤの呼吸が安定してきたところで、俺はホッとして彼女を地面に横たえる。よくやったよ、お前は。

なんせ一撃入れる隙を作ってくれたからな。

【くっ、私をここまで吹き飛ばすとは貴様、何者だ……？】

「……」

俺は黙って女魔族から目を離さず、ゼーンズ王のそばまで行く。そうして彼の怪我を回復魔法で治してから鉄扉の向こうへ移動させる。勇猛《ゆうもう》なのはいいが、戦えないなら邪魔でしかないからな。

そして俺は一息吐いてから――

【……⁉】

女魔族へ接近する。

手には拾ったフレーヤの剣があり、無言で一閃《いっせん》。こいつで決めるつもりでいたが、そこは能力の高い魔族だからか、左腕でガードをされて距離を取られる。

【驚いたけど……これならどう？　〈ヘイルクラスター〉！】

大粒の氷が嵐となって俺を襲う。

俺はマントを盾にして氷嵐《ひょうらん》を払いながら、魔法はお構いなしとばかりに踏み込んで剣を振り抜く。びびって足を止めるより、突っ切った方が早いことは多々あるからな！

【ば、馬鹿な、死ぬのが怖くないのか!?　あぐ!?】

俺の閃光のような一撃で怯んだ女魔族に、即座に二度目を叩きつけてやる。女魔族の顔が苦痛に歪む。手ごたえありと見た俺は、三度目を両手持ちに変えて頭を狙う。

【これは……!?　ぐう……!?】

自分から飛びのいて致命傷を避けたか、敵ながらいい判断だ。それに飛びのく瞬間、奴は魔法を放って俺の足止めもしっかりやっていた。

女魔族は額《ひたい》から血を流しながら腕をさすり、俺を睨む。

【う、腕が痺《しび》れる……まさかこんな奴が居たとはねぇ……雇われの冒険者かなにかかしら？　〈デモンズネイル〉】

「……」

奴の片手から俺に向かって飛ばされた黒く鋭い魔力の塊を回避しながら、俺は攻撃を仕掛けるため前に出る。早く行動不能にしたいところだが粘《ねば》りやがるな。

【フフ、あんまり無口な男は嫌われるわよ？】

耳を傾けず、最小限の動きで急所を狙う。

女魔族も覚悟を決めたか、俺の攻撃をずらしながら手刀とゼロ距離からの魔法で迎え撃ってきた。

……正直な話、もっと早く倒すつもりだったんだが、ブランクが邪魔をするって感じだ。

「……！」

【あはは、それじゃ野菜も切れないわねぇ！】

フレーヤの剣の刃が欠けたのを見て笑う。確かにこのままじゃ命を刈り取るところに届かねえか。

情報が欲しいから殺しはしねえが、手足を落として生け捕りにはしたい。

俺が、自分の剣を、と視線を一瞬泳がせたところで――

【……レッサーデビル！】

――ヤツはそう口にしながら空へ逃げた。新たに呼び出された二体の魔族が俺に向かってきて足止めをする。

即座に首を落としてやるが、すでに女魔族は高い場所へと浮かんでいた。

俺を殺しきるのは現状で無理だと判断したんだろう。たかが人間、そう思われている間に叩きのめしたかったが……時間をかけすぎたか。

【国王を痛めつけようと思って来たけど、今日のところは撤退させてもらうわぁ。またね、色男さん♪　……次は殺してやるから……】

女魔族が超音波《ちょうおんぱ》のような音を羽から響かせると、下で争っていた魔族どもも空へ浮かぶ。

自分で飛んでいる奴も居るが、そうじゃない奴はあの女魔族がやっているのか？

「……お前、魔王直下の者か？」

【ええ、ご名答。私の名は魔闇妃《まあんき》アキラス。逃げなかったら……またここで会えるわねえ――】

「ふん」

俺は手に持った剣を投げつけるが女魔族は目を細めてそれを弾いた後、

【なんてね……！　今ここで死になさい！　〈ゲヘナフレア〉！】

先ほどの広範囲魔法を撃ってきた！

「やると思ったぜ！　リーチェ！」

『はいはい！』

アキラスとやらが視界の端で逃げていくのが見えたので、魔法が使えるかとリーチェを呼ぶ。

『「〈魔妖精の盾《シルフィーガード》〉！」』

リーチェと一緒に空に向かって両手を掲げると、炎の塊の重みが腕にのしかかり、轟音を立てる。

さっきは国王を殺さないように手加減していたってところか？

「こっちの魔族もなかなかやるじゃねえか」

『まーた性根が悪そうな女だったわねえ。よかったの？　見逃がして？　魔法を使えば倒せたんじゃない？』

「お前に言われちゃ形無《かたな》しだよ。あいつには魔王と魔族についてまだ聞きたいことがあるし、今はいい。『ここに戦える奴が居る』というのを植えつけておけば次の襲撃までの時間が稼げるだろ」

次はこいつら《騎士達》が居ないところで戦えればいいが、と胸中でつけ加える。

『なるほど。泳がせとくのね……って、みんなを助けないとじゃない？』

説明を聞いて納得したリーチェに促され、俺は急いでニムロスのところへ向かう。

前線で一番ダメージを受けていたのがこいつと、おそらく騎士団長であろうイケメンの兄ちゃんだったから、最初に救出しておこう。

「ニムロス、大丈夫か？」

「う……僕よりも重傷者から、頼む……」

「後は任せときな」

第六章　交渉と協力

あの後、すぐに俺はこの場に居る全員と、外で戦っていた奴らを治療するために奔走《ほんそう》した。

外の連中は重傷者も居たが、屋上で〈ゲヘナフレア〉とやらを受けた騎士が特に深刻だった。

二人が腕と足を潰されてしまい、回復魔法では治しきれないと回復係が嘆《なげ》いていて、騎士として従事することはおそらく不可能な状態だったろう。……俺が居なければ。

「〈奇跡の息吹《ロイヤルヒール》〉」

「う、嘘だろ……」

「な、治った……⁉」

「あ、ありがとうございます！」

最上級魔法でなんとかなったが、欠損《けっそん》だったら治せなかったし運がよかっただけだと言ってやる。

俺が重傷者をメインに治療できたのは、軽傷者は城の回復係が頑張ってくれたからである。

それでも全部が終わった時にはすっかり陽も昇り、朝の五時くらいの出来事だったにもかかわらず、今は昼近くになっていた。

さて、もう少し事情を聞かせてもらおうかね。俺は隠していた顔を現しながら空を仰《あお》ぐ。

◆◇◆

「食事です、先ほどは本当にありがとうございました」

「気にすんな。たまたま居合わせただけだからな」

「いえ……あと一日、あなたが来るのが遅ければ陛下は……」

騎士がそう言って差し出した立派なステーキセットを受け取り、俺はフォークとナイフを取って食事を始める。今朝は魔力を相当消費した『感覚』があったので、睡眠と食事はしっかり取っておきたい。睡眠の方が回復は早いんだが……とりあえず飯だ、飯。

『むぐむぐ……まあまあね』

「文句言うな、食えるだけマシだろうが」

『まあね、あの頃は……うう、考えたくないわ……』

パンの端っことステーキを一切れ口にしながらリーチェが身震いをする。

前の世界での魔王討伐直前はマジで町もなかったから野宿続き。狩った魔物が食料なんてザラだったし、夏那あたりなら即ギブしている環境だったからな。

ほどなくして飯を食い終わり、椅子を傾けて腑《ふ》に落ちねえと天井を仰ぐ。

俺の都合で手加減をしたが、もしかすると倒した方が事態は早く好転したかもと考える。

なぜか？　それは――

「リク、食事は済んだか？　少し話がある、来てくれ」

「オッケーだ。ちょっと聞きたいこともあるしな」

考え事を中断させられたがそろそろだと思っていたので、部屋を出てニムロスと一緒に謁見の間へと向かう。


謁見の間には今度はゼーンズ王と騎士だけが控えていた。昨日の今日で王妃や姫さんを置くような馬鹿なことはしなかったか。

ニムロスが玉座の隣に移動し、騎士が左右二人ずつ並ぶとゼーンズ王が口を開く。

「色々あるが、まずは早朝の騒ぎを収束してくれたこと、感謝する。ありがとう」

王自らが頭を下げ、並ぶ騎士全員がそれに倣《なら》う。どよめきが起きないところを見るとそのつもりで臨《のぞ》んだんだろうな。得体の知れない異世界人に頭を下げるのは、屈辱《くつじょく》かもしれねえのによ。

「気にしないで結構ですよ。さっき飯を運んできた騎士にも言いましたが、俺は居合わせただけ。頭を上げてくれませんか」

「ああ、それでここへ呼んだのは他でもない……」

「あの女魔族を倒すことに協力してくれ、ってところですかね？」

先に告げると、ゼーンズ王がゆっくり頷いて続ける。

「君は勇者ではないと言っていたが、先の戦いを見る限り、おそらくリク殿が居ればほぼ勝てると思った。どうだろう、一緒に戦ってはもらえないだろうか？」

「それで俺になにかメリットはありますかね？」

「む……」

言うは易《やす》し、行うは難《かた》しってな。

俺が『はい、いいですよ！』と言う人間じゃねえのは承知の通り。こっちも命を張るわけだし、見返りくらいは提示すべきだと思う。

そう考えていると、屋上でニムロスと一緒に前線で戦っていたイケメン兄ちゃんが口を開く。

「先ほどは助かった。オレはザナッシュという。陛下も無理を承知で申し上げているし、我らも魔物との戦いで疲弊して困っているのだ。なんとかならないものだろうか？」

「そりゃ境遇には同情するが、俺だってこの世界に召喚されて困ってんだ。それなりに報酬《ほうしゅう》がないとモチベーションがな」

「むう……」

「まあ、リク殿の言うことも当然だ。私にできることなら都合を付けよう」

ゼーンズ王がザナッシュを手で制しながら俺にそう言ってきたので、首を鳴らして返事をする。

「いやあ、難しいよな。まさか姫さんのどっちかをくれとは言えねえし」

「……娘が許可をすれば、やぶさかではない」

「へえ、マジか？　騎士の誰かと婚約《こんやく》しているんじゃねえのかい？」

「……」

顔色が変わった奴が居たのを俺は見逃さなかった。

「甘《あめ》ぇなあ。交渉事をするなら先に要求を予測していくつか用意しておくもんだぜ？」

「む、むう……」

「っと、口が過ぎたか。申し訳ありません陛下。ま、渋る理由はいくつかあるんですが、異世界人の俺としては、あまり関わりたくないというのが本音ですね」

「どうしてだい？　帰るには現地人である僕達の力も必要とするんじゃないかな」

ニムロスが首を傾げて俺に問いかけてきたので、小さく頷いてから返してやる。

「それはそうですが、俺は元々この世界には居ない人間。だから戦いはなるべく現地人だけでやるべきだと考えています。今回は偶然居合わせた。だけど次に俺が居るかどうかは分からない」

「なら――」

「ここに居ろってのは無理な話ですぜ？　俺は仲間と元の世界に帰りますからね。自分達だけでどうにかやれないとダメだってことです。それで国が亡ぶなら仕方ねえ、それまでだったということとで」

あえて協力には応じない姿勢を示してこの場に居る全員へそう告げる。するとニムロス達は困惑しながらお互いに相談を始めた。

「異世界人が居てもご迷惑でしょうから、今から退散させてもらいます。情報提供ありがとうございました」

俺は頭を下げてから踵を返して歩き出す。

会話の中にいくつか条件になりそうなものは提示した。それに気づければというところだがこの状況じゃ難しいかねえ。

本音は『関わらない』のが一番だと考えているが、積極的にやらないだけであって協力するのは構わない。だが、おんぶに抱っこではこいつらのためにならねえからな。

例えば風太達が魔王を倒して元の世界に戻った後、再び別の脅威があったら？　また召喚する？　もうできなかったらどうする？

……結局は自分達でやらざるを得ないのだ。

今は緊急で魔族と隣国に狙われている。とりあえず今をしのいだとして、今後の青写真《あおじゃしん》をどう考えているのか。そこが肝心だ。

金も名誉も必要ない『異世界人』へ、『現地人』ができることはそう多くないが――

「リク殿！　待ってくれ、取り急ぎ提案をしたい。聞いてくれるか？」

「聞きましょう」

俺は振り返って笑みを浮かべ、次の言葉を待つ。

ニムロスとザナッシュ以外の二人は不服そうだな。まあ得体の知れない男が調子に乗っているのが気に入らねえんだろう。

「私からの提案だが、協力してくれるなら元の世界へ戻るための情報収集をしよう。異世界人が召喚された例は過去にもあったはずだ。我が国でダメなら他の国への伝手《つて》を作ってもいい。できる範囲なら対応しよう」

「くく……甘《あめ》ぇな、本当に甘いぜ、相手に手綱を握らせないように交渉すべきだが――」

「だ、ダメか……？」

「――だが、その甘さは嫌いじゃねえ。人間が人間たる部分は『そういう』ところだからな。元の世界に戻る情報、頼むぜ？」

「おお……！　リク殿！」

一応、合格点が出せる提案だったので協力してやることにした。

同じ内容でも俺から提案した場合、できるかできないかはともかく、ゼーンズ王はとりあえず頷いておけばその場は片付くだろ？　その後、やはり無理だったとか言えばいい。

だが、ゼーンズ王が自分から提案すれば、信用問題にも繋がる。全力でやってくれるだろうさ。できないならそれまでってのは変わらねえが、これは覚悟を持ってもらうためだと思ってもらいたいね。

とりあえず衣食住を保証してくれるなら色々と準備はできるし、ここに風太達を連れてきても問題ないだろう。

「ではロカリス国の件と合わせて、今後の計画を後ほど聞かせていただけると。特にあの女魔族は陛下の命を狙っていた。次は部下を大量投入してくるはずだ。俺から提案があるとすりゃ、ロカリスとの交渉をさっさと打ち切って開戦準備をしておくべきだな」

「それだと挟《はさ》み撃《う》ちになりませんか？　失礼、私は騎士団長の一人でジェイガンと申します」

「リクだ、よろしく頼む。挟み撃ちは考慮すべきだが、魔族にとっては人間同士の戦いだ。弱っているところを叩きたいだろうから、高みの見物だと思うがな」

……可能性の話だが、実はロカリス側があの女魔族に脅迫されているってことも全然あり得る。

「手紙は向こうに勇者が居るってことを知らない前提で送ってくれ。後、メインで戦うのはこの国の人間だ、回復魔法なんかは任せてもらっていいけどな」

「女魔族とは一緒に戦ってもらいたいが……」

「状況によっては参戦するぜ。奴に聞きたいことが山ほどあるから手加減したわけだし。……ふあ、すまない、ちょっと寝かせてもらいたいがどうかな？　使った魔力を回復しておきたい」

「分かった。その間に計画についてまとめておくから後で話し合いに参加をしてくれ」

ゼーンズ王達はやる気になったようで俺は部屋へと戻る。

現地人がメインとは言ったものの、奴と戦うのは俺になるだろうし準備を進めないといけねえな。起きたらニムロスあたりに用意してもらうか――

◆　◇　◆

「……大丈夫でしょうか？」

「ザナッシュの心配も分かるが、あの男の知恵と力は確かだ、使わない手はないだろう。我々を甘いと断じるだけの実力はある。あの盾の魔法だけ見ても相当なものだ」

「魔族とグル、ということは……？」

「だとしたら僕達を治療する理由はないはずだよ、ジェイガン。それに勇者の情報を僕達に与える必要もない」

　リクが出て行った後、四人の騎士団長とゼーンズは会議室で処遇と今後のことについて話し合いをスタートさせていた。

　ニムロス、ザナッシュ、ジェイガンは概ねリクに賛同を見せるが、最後の一人が不満げな顔で口を開く。

「反対とは言わんが、異世界人にでかい面《つら》をされているのは気に入らんな。だいたい、なぜさっさとフレーヤやお前達をすぐに助けなかったのだ！」

「落ち着けワイラー。素性《すじょう》がバレては困るのだろう。それに彼は僕達のことは僕達でカタをつけてほしいみたいだから仕方ない」

「チッ……ならオレ達だけで十分じゃないか？　女魔族も四人でかかれば倒せるだろうし、頭を潰せば他は崩れる」

ワイラーが腕を組んでそう言い放つと　ザナッシュとジェイガンも『まあ……』『分からなくもないが』と軽く賛同する。

そこでニムロスが少し考えてから口を開いた。

「なら彼に頼むのはやめるかい？　僕はそれでもいいけど、犠牲は増えるだろうね。それにまだ魔族の女は本気じゃなさそうだし、リクの回復魔法はかなり助かると思う。陛下、どうしますか？」

「……ニムロスの言う通り、少しでも犠牲を減らすためリク殿には協力してもらう。倒せる者が倒せばそれでいいではないか」

「それは、そうですが……信用できるのか、と……姫を所望すると言い出しかねんし、な」

ワイラーが口をへの字にして難しい顔をしてなおも反論すると、ニムロスが手を挙げて口を開いた。

「では彼のことは僕に任せてもらえますか？　ここへ連れてきた責任もあります。もし、我らに不利益があれば、僕をどう処分していただいても構いません」

「あまり気負うな、ニムロス。リク殿のことはとりあえず置いておこう。まずはロカリス国との戦いを視野に計画を練るぞ」

「承知しました」

ニムロスがゼーンズに頭を下げると、ワイラーが顎に手を当てて眉を顰めた。

「ワイラー、今は生き残ることを考えようではないか」

ゼーンズがそう言って地図を広げてテーブルを叩くと、ワイラーは少し目を閉じた後ゆっくり頷いた。

「よし、では作戦を練るぞ。魔族にロカリス……屈するわけにはいかん――」

◆◇◆

――Side：風太――


「あー、疲れたぁ！　早くお風呂の時間にならないかしら」

「すっかり慣れちゃったね、夏那ちゃん」

「さすがに一か月以上も経てばね。トイレは魔法の道具で水が流せるし、シャワーはなくてもお風呂はなんとか入れているからギリギリ許容範囲内ってとこかしら」

「おトイレはびっくりしたよね、水洗トイレみたいで綺麗だったもの。風太君はどう、もう慣れた？」

「え？」

テラスに出て木剣の素振りをしていた僕はよく話を聞いていなかったので、生返事をしてしまった。すると水樹は苦笑し、夏那は腰に手を当てて指を向けて怒ってきた。

「素振りもいいけどあたしと水樹の話も聞きなさいっての。それにしても、ふーん」

「な、なんだよ」

「あんたも結構鍛えられたんじゃない？　ほら！」

「うわわ⁉」

「きゃ⁉」

夏那が僕のシャツをまくり上げ、僕はびっくりして後ずさる。

水樹は手で目を覆いながらも隙間から僕の腹を見ていて、夏那は歯を出して笑う。

確かに訓練を開始して全身運動を繰り返しているから、体力も筋力も日本に居た時に比べればかなり上がったと思う。腹筋が割れているみたいなことはないけど、鎧を着こんで動き回るのは苦じゃなくなったしね。

「僕は三人ともこっちの世界の服を着ていることに違和感がなくなったかな？　夏那はともかく、水樹のショートパンツ姿は珍しいし。あ、後は食事もだ。お米がないのは辛いけど美味しいしね」

「確かに水樹が動きやすい恰好をしているのは珍しいわ。いつもはゆるふわ系みたいなスカートとブラウスだったし」

「ゆ、ゆるふわ系……でも確かに料理はお肉とかお野菜も美味しいから食べすぎちゃう。でも、食料不足って言っていたのにいいのかな」

その意見には僕も賛成だとベッドに腰かけてから考える。

リクさんが警戒をしろ、と言っていたので十分注意し、夏那と水樹も一人で行動しないよう配慮していた。で、そうすることで色々見えてきたものもあった。

水樹の言う通り食事に困っている風がないのもそうだし、訓練以外で騎士達が慌ただしく動いていることもないんだ。

食事はストックがあると考えられるけど、魔物の居るこの世界で出動もせずに訓練をし続けることができるのかな？　と気になっていた。特に騎士団長と呼ばれるプラヴァスさんやレゾナントもどこかへ行くことなく僕達を訓練しているからね。

ちなみに、レゾナントが呼び捨てなのは彼が夏那に対してセクハラじみたことをするからで、ことあるごとに言い寄っているのをいつも見るからだ。ああいうのもリクさんの警戒対象なんだろうな、と。

下手をすると部屋に連れ込まれてしまう可能性だってあるし。

いや、それは状況的に関係ないか……。

とにかく『危機感』というやつが足りない気がする。

魔王と魔族が襲撃してくる様子もないし、勇者が本当に必要なのかも分からない。

今はエラトリア王国に行ったリクさんの話が気になるかな。戦争がどうなるかがまず最初……あ、いや、それは僕でもできるか。まずは――

「どうしたの風太、難しい顔をして」

「ん？　いや、向こうとの交渉はどうなったのかなって思ってさ。このまま訓練を続けて強くなることに異存はないけど、戦争ないし協議が決まらないと僕達はずっとここに軟禁されることになるだろ？」

「リクが帰ってくるまで待つしかないんじゃない？」

「そうなんだけど、僕達も強くなった。町を見ることくらいは許してもらえないもんかって」

なら食事の時に聞いてみましょうと夏那が笑顔で言い、エピカリス様へ聞いてみることにしたんだけど——

「なりませんわ。あなた達の存在は機密《きみつ》中の機密ですもの」

柔和《にゅうわ》な顔で口元を拭くエピカリス様の言葉であっさりと否定されてしまった。僕はフォークとナイフを置いてから口を開く。

「どうしてですか？　僕達が勇者であるなら、町の人達に伝えることで、活気が戻るんじゃないでしょうか？　隣国のエラトリア王国のことはともかく、魔王の脅威を和らげることはできると思います」

「そうですよ、あたし達も少しは強くなりましたし、水樹の弓も上達しています。デモンストレーションとかやってみたらウケる——」

と、夏那が饒舌《じょうぜつ》に話し始めた瞬間、エピカリス様は真顔で拳をテーブルに叩きつけた。そして冷ややかな目で僕達を見た後、にこりと微笑んで告げる。

「必要ありませんわ。あなた方の存在が魔族に知られることの方が不利益になりますもの。よく考えて御覧《ごらん》なさい。勇者がここに居ると知られれば、魔族がこぞって押し寄せてくる可能性が高いでしょう？　強くなったとはいえ、まだ騎士団長を超えることができていません。魔族は賢く強い存在、この国の人間を危機に晒すつもりですか？」

「……」

そう言われてしまうと僕達は黙り込むしかない。確かに存在が知られれば攻撃してくる可能性はあるかとは思う。

……だけど、彼女の言葉にはどうも納得がいかない点が存在する。

突っ込むべきかと思ったけど、その前に水樹が声を上げたので僕は言葉を引っ込めた。

「あの、エピカリス様……その手首はどうされたのですか？　包帯が見えていますけど……」

「……！　……これは転んでしまった時に手を突いて捻《ひね》ってしまいましたの。お恥ずかしいですわ、皆さんと違って運動などは苦手でして……うふふ……それではわたくしはこれで」

そう言いながらそそくさと手首を隠して席を立ち、メイドと一緒に食堂から出て行った。

「なによ、魔族が来たら倒せばいいだけじゃない。というかそんなに強いなら人間の世界なんてあっという間に蹂躙《じゅうりん》されてるんじゃゃないのって思うけど」

「うん。勇者が居なければ魔王は倒せないみたいだけど、召喚ができなかったらどうするつもりだったんだろう？」

夏那と水樹の言葉で僕はあっと思うことがあった。

五十年前に魔王が現れたのに、『伝承』として勇者召喚があるのはなぜなんだ？　以前から何度もこの世界に魔王が現れているってことか？

だとしたらもっと魔族や魔王に対しての策を練っていないとおかしい……。

「そういえば捻ったって言ってたけど包帯に血が滲《にじ》んでいなかった？」

「え、そう？　ごめんよく見ていなかった……まあ、体が弱そうだしね」

僕が考えをまとめながら二人の話を聞いていると、突然——

(――助けて……誰か……)

「「!?」」

――頭に響くように誰かが助けを求める声が聞こえてきた。

「い、今、なんか聞こえなかった!?」

「助けて……夏那ちゃんが?」

「違うわよ、え、幽霊?　……ちょ、やめてよ……」

「誰なんだ……?」

両腕で自分を抱きしめるようにして怯える夏那。周囲を見渡しても僕達とメイドだけ。

しかし彼女は目を瞑ったまま黙って待っているだけで聞こえてもいなさそうだ。

その後はなにも聞こえず、僕達は後ろ髪を引かれる思いで食堂を後にするのだった。

第七章　対抗するための策を

「……っと、二時間か、まあまあ寝たな」

スマホのアラームが鳴り、仮眠から目覚める俺。

回復した魔力と体力を確かめるように体を起こすと、リーチェも起きていたみたいで俺のところへ飛んでくる。

『おはようリク。どう、調子は？』

「……まあまあだな」

『無理しないでね？　あんたが倒れたらカナ達を助ける人は居なくなっちゃうんだから』

「まあ、あいつらなら大丈夫だろうよ。俺みたいには――」

頭の上にリーチェが乗りながら心配そうな声で俺に声をかけてくれる。昔の俺みたいなことにはならねえよと言いかけて口を噤む。

そこで部屋の扉がノックされた。

「リクさん！　リクさん居ますか！」

「おいおい、まだ寝ているかもしれないだろフレーヤ」

「いんや、起きてるぜ。入りなよ」

「やっぱりリクさんも男なんですね、姫様を所望するとは！　助けてくれていい人だと思ったのに！」

俺が鍵を開けるとフレーヤが転がり込むように入ってきた。なんか怒って詰め寄ってくるが、どういうこった？

苦笑するニムロスに目を向けるが、肩を竦めるばかりで『とりあえず話を聞け』って感じで目配せしてくる。

「落ち着けフレーヤ。確かに似たような話はしたが俺はそんなもん欲しくはねえよ」

「話はニムロス団長から聞いてます！　……って、欲しくない？」

「最後まで聞かないで来るからだフレーヤ」

どうやら経緯を説明する中で暴走し、俺のところまで駆けつけてきたらしい。落ち着いたところでニムロスが説教をすると、フレーヤは顔を真っ赤にしてぺこぺこと頭を下げた。

「ごめんなさい……命の恩人に……」

「別に構わねえよ。というか用はそれだけか？」

「え、ええ……そうです」

『あんたっておっちょこちょいよねえ。騎士とは思えないわ。仮にここが戦場だったら、もっと冷静に状況を見極めないとさっきみたいになっちゃうわよ』

「うう、リーチェちゃんが冷たい……」

フレーヤの勘違いはさておき、ニムロスが来たならちょうどいいかと、俺は頼み事を口にする。

それはもちろん今後の準備のことだ。

「ニムロス、会議は？」

「概ね作戦は決まったよ、聞いておくかい？」

「いや、集まっている時でいい。で、ちょっと欲しい物があるんだが、頼まれてくれないか？」

「ん？　言ってみてくれ」

快諾《かいだく》してくれたニムロスへ俺は告げる。

「使わない鉄クズを剣二本分、なるべく強度のあるロープを……そうだな、四、五メートルの程度を数本ほど。それと細い鉄線があれば助かる。なければ鉄クズを追加で頼みたい」

「なにか作るのかい？　鍛冶屋《かじや》に行けば手に入るから問題ないよ。ロープも馬車を引く時に使う物を持ってこさせよう」

「助かるぜ。あ、そうだ、ついでにこいつを借りていいか？」

「ふえ？」

「フレーヤをかい？　まあ、彼女がいいなら。どうだい？」

変な顔で俺とニムロスを見比べていたフレーヤが、体を抱きしめるようにして俺から離れ、焦りながら口を開く。

「わ、わたしを借りてどうするんですか……!?」

「頼んだ材料の加工をちょっと手伝ってほしいんだよ」

「ま、まあ、いいですけど……ロープは難易度が高いんじゃないですかね……」

「なに言ってんだ？　なら、悪《わり》ぃけど材料を頼むわ」

フレーヤの勘違いをスルーして、俺が片目を瞑ってすまんと手を上げてニムロスに笑みを向けると、ニムロスは来た時と同じく苦笑しながら部屋から出て行った。

「準備ができたら呼ぶし、お前も出てていいぞ？」

「だ、大丈夫です！　リーチェちゃんとお話をしますし！」

『面倒なんだけど……』

「ええー!?」

あっさりと拒否されたフレーヤがリーチェを追い回し始めたところで、俺はソファに寝転がってニムロスを待つことにした。

今俺が考えている物をできれば明日には完成させて、ゼーンズ王との話し合いに臨みたいところだ。

そんなことを考えていると、リーチェを掴まえたフレーヤが俺に顔を向けてきた。手加減しているだろうとはいえ、リーチェをあっさり掴まえるとはなかなかやるな。

「あの、今朝は本当にありがとうございました。団長の話だと命が危なかったって」

「気にすんな。むしろ様子見して助けに行くのが遅くなっちまったし、悪かったな」

「いえ、本当ならリクさんはあの場に居なかったかもですし……」

俺の立ち位置を理解しているのかいないのか。

いずれにしても、こいつは自分達でなんとかすべきだと分かっているようだな。

「俺をなるべく頼らないのはいいことだぜ。この国に腰を落ち着けるわけじゃねえから、あの女魔族を倒したとしても、別の奴が来るかもしれん。その時に戦えるようになっていないと今回より酷いことになるかもな」

「……そう、ですね……リクさんはずっとここには居ないんですもんね……はい」

残念そうに俯くフレーヤだが、聞かなかったフリをして目を瞑る。

するとフレーヤが思い出したように口を開く。

「そういえば思ったんですけど、魔法を使ったらもっと楽に倒せるんじゃありませんか？　大きな盾の魔法、使ってましたよね」

「俺の魔法はあまり人に見せたくねえんだ。魔族ならなおのことな」

「でも倒せるなら……」

「殺す前に情報も欲しいしな。ニムロスが来るまで剣の腕でも見てやろうか？」

俺が提案するとフレーヤはちょっとだけ驚いた顔をした後、笑顔で大きく頷いた。

あんまりこの国の人間には関わる必要はねえんだが、こいつはほっとくと勝手に突っ込んで死にそうだからな。ま、いい暇つぶしにはなるだろ。

それから少しフレーヤの動きを見てやったが、真面目な性格だからか読みやすい。

が、今はこれで問題ないだろう。搦《から》め手をカバーするのはまず基礎を固めてからでいいのさ。

しばらく動きについて指摘していると、ニムロスが素材を持ってきてくれた。

早速、その材料でフレーヤと一緒に作業を始める。

「えっと、これを編み込むんですか？」

「ああ、ロープと鉄線を一緒にな。これで切れにくくなる」

「はーい。鉄はどうするんです？」

「こいつはな――」

「あ、すごい!?」

俺は鉄クズを〈変貌《アナザー》〉で先の鋭いS字フックへ変化させる。その後フレーヤに指示しながら作業を進めていき、『それ』は明け方に完成した。

「これでいいんですか？」

「上出来だ。これであの女魔族に一泡吹かせられるぜ」

「ロープで縛《しば》る……だけならこのフックは必要ないような……」

彼女はどう使うか分かっていないようだが、実際に使うことになれば有用なことが理解してもらえるだろう。


で、俺は徹夜明けのまま、フレーヤに案内されながら会議室へ向かっている。もちろん、今後の戦いについてどうするかの話し合いのためだ。

あえて最初の会議に参加しなかったのは、俺がいるとどうしても俺を組み込んで考えようとするだろうからハナから外れておくのがいいだろうと思ってのこと。

あいつらが気を遣わないようにしたという意味もあるけどな。

「ここですよ。それじゃ、また後で！」

「ありがとよ。後がいつになるか分からねえが、夜のお供ならいつでもいいぜ」

「も、もう!!　最低ですね！　ふん」

憤慨《ふんがい》しながら立ち去っていくフレーヤの後ろ姿を見て、苦笑しつつ会議室の扉をノックする。

中から返事があったので入ると、ゼーンズ王と騎士団長四人が揃ってこちらに目を向けてきたので俺は軽く会釈をして空いている席に座る。

「ニムロスが迎えに来ると思ったが、フレーヤに任せてよかったのか？　俺は逃げるかもしれねえのに」

「ふふ、そこまで薄情《はくじょう》だとは思わないし、誰かと一緒なら少し自由に動いてもらっても構わないと考えているからフレーヤならまあいいのさ」

「フレーヤが懐柔《かいじゅう》されてたらどうすんだっての」

「この国に腰を落ち着けることはないと自分で言っていたじゃないか。手を出すとは思えないけどね？　さっきも言ったがそこまで薄情な人間だと思っていない」

ニムロスがつまらねえことを口にするので肩を竦めながらため息を吐くと、ゼーンズ王が机に広げられた地図を指差しながら話し始める。

「全員揃ったので始めるぞ。リク殿、昨日エピカリス姫には手紙を返しておいた。十日以内には向こうへ到着するだろう。我々は過去の貿易条件が呑めないのであれば交戦の意思ありと返事をした」

「どう考えても向こうは戦争をしたがっているみたいですからね」

ジェイガンという男がやれやれといった感じで首を横に振りながらそう言い、さらに話は続く。

「で、実際の作戦だが国境からの防衛ラインをいくつか設定し、森までは奴らに明け渡す。そこから草原に侵入してくれれば攻撃を仕掛けるつもりだ」

「悪くないんじゃないですか。で、魔物に対しては？」

「少数の場合は迎撃し、多数の場合は一度後退してロカリス国と魔物が交戦するよう仕向ける。国境は南と西の二つ。そこへ二部隊ずつ置き、臨機応変《りんきおうへん》に戦えるよう中間に兵を展開させておく」

後はゼーンズ王の部隊が王都前に展開する、か。

向こうの規模が分からない以上そうするのが無難なので特に異論はない。補給部隊は分けて後方に置いておくそうだ。

「最悪王都に引き籠って迎撃もアリだろ」

「ですね。向こうから攻めてくるのであれば、それを利用しない手はありません。時間は短いですが、少なくとも手紙が到着して攻めてくるまで十日以上は確定しています、塹壕《ざんごう》なども掘って対応にあたりますよ」

「いいねえ、そういう嫌がらせは大好きだぜ俺。ああ、折角だし森にロープを張っておけよ。騎馬がギリギリ見つけられるかどうかのやつをな」

「ああ、いいかもしれないな」

ふむ、さすがに一国の防衛を担う連中が集まっているだけあって特に異論もねえ。

こっちはこれでいい。

今度は俺がなにをするかの提示だな。一通り話を聞いた後に、俺が加担できない理由を告げる。

「オッケー、なら次は俺だ。悪いんだが一度ロカリス国へ戻る」

「は⁉　き、貴様、我らの作戦を向こうに流すつもりか……！」

「落ち着けよ、そうじゃねえ。知っての通り向こうにゃ『勇者』が居るだろ？　どのくらいの強さになったか分からねえが厄介な存在だ。そして俺はあいつらを戦闘に参加させたくねえ。ついでに言えばエピカリスを押さえれば戦争は回避できる。……分かるか？」

「なにを……」

と、俺が気に入らないらしい騎士ワイラーが机を叩くが、ゼーンズ王はそれを手で制してから口を開く。

「なるほどな。リク殿、それは完全にあなたが悪役になる役回りだぞ？」

「気にすんな。異世界人だからこそできる芸当だろ？」

「どういうことでしょうか？」

「おそらくだが勇者奪還《だっかん》と同時にエピカリス姫を討《う》つか、それに近いことをするのだろう。向こうは彼が我々と協力関係にあることは知らないから、リク殿は戻ろうと思えば戻れるはず。さらに言えば、こちらの作戦をバラすことを手土産にエピカリス姫に近づけるのでは、ということだ」

ビンゴだ、ゼーンズ王。

戦いを止めるには頭を潰すのが早い。

そしてエラトリア王国に非はなく、事実は多分プラヴァス達も知らないだろう。あくまでもエピカリスが『そう言っている』だけで調査もロクにしていないと思っていい。

なら、エピカリスだけは殺さないまでも押さえておく必要がある。

俺は要求の理不尽さを材料に、こんな戦争に参加させるわけにはいかないと風太達を回収し、きちんとした交渉の席に着くようロカリス国に告げることができるってわけ。

拒否されたとしてもロカリス国が理不尽な要求をしていることに変わりはないので、風太達とエラトリア王国へ逃げる算段だ。

「それは願ったりですが、そんな作戦上手くいくでしょうか？」

「勇者をアテにしていた奴らだ、強硬姿勢を崩すのはそう難しくないだろうぜ、ニムロス。勇者が行方《ゆくえ》をくらませれば焦るだろ。あいつらを取り返せれば、ロカリス国の兵士を追い返すのは手伝ってもいいしな」

「魔族のほうは？」

「あいつの狙いはゼーンズ王と娘さんだ。護衛《ごえい》を付けて絶対に姿を見せないことを徹底すればいい。俺が戻っていれば相手をするが、戦争中に襲撃されたなら耐えてもらうしかない。騎士団長クラスの護衛が三十人ほど欲しいな」

「ロカリスが攻めてくるのにそれだけの戦力を割くのは……」

「無理なら姿を現さずに耐えろ。人質を取られないよう町の人間は全員隠せ。シェルターみたいなのがあるといいんだが……今からは間に合わねえし」

俺が顎に手を当てて考えているとワイラーが手を挙げて口を開く。

「……そこはなんとかしよう。信じて良いのだな？」

「ま、それは信じてもらうしかないって感じだ。不安なら監視を付けてくれてもいい」

「なら、誰か一人、監視役を付けさせてもらおう」

「ああ、了解だ」

さて、これで方針は決まった。

これからロカリスに近い町へ避難勧告《かんこく》を行い、戦争準備に入る。

「では、諸君。この国が生き残るかどうかの戦いだ、準備は入念にな」

ゼーンズ王の言葉で会議が終わる。俺は一度風太達に連絡をしておくことに決めた。

◆　◇　◆

——会議室から戻った俺は特になにもせず寝転がっていた。

荷物はないし馬はハリヤーが居るので、後はいつ決行するかというだけだ。

向こうは宣戦布告をしないで戦いを開始しそうなので、早めに部隊展開をしたほうがいいということは告げている。ニムロスの部隊はロカリス国境方面にある森の前に展開するらしいので、それと一緒に移動する予定である。

ロカリス相手はそれでいいが、問題は魔族のほうだ。

空から強襲できて特大範囲魔法を撃てるという敵なので、狙いはロカリスとエラトリアの戦いの最中に一網打尽《いちもうだじん》、ということが考えられる。

……うーむ、俺と同じレベルの人間がもう一人欲しいな、こういう時は。

クレスかティリスみたいなのが居れば、あんまり考えずに片付けることができるんだが、ないものねだりはできねえか。風太達をアテにするわけにもいかないし。

それと、だ。

「……もう一つの可能性が当たっていたらこっちは相当不利になる。迅速《じんそく》に行動しねえとな」

——それは、魔族がロカリス国を脅迫している場合だ。そうなれば、攻撃は全てエラトリア王国に来ることになり、そうなるとさすがに死者が出るだろう。

この可能性に思い至った理由は、エピカリスが常に『エラトリア王国をなんとかしてほしい』というお願いしか口にしないからだ。魔族が交渉事を持ってきているなら、風太達にまずそっちの対応を優先させたいはずだからな。

というか俺ならそうする。

後、最悪の事態としてロカリス王国がすでに魔族の手中に収まっていた場合だ。だけどそれは俺達を召喚したことと矛盾するから推測の範疇を出ない。今からやることは変わらねえし、それに備えて臨機応変にってな。

『後は誰を連れて行くことになるかよね』

「まあフレーヤでいいけどな。考えていることもあるし」

『腕が立つほうがいいんじゃない？』

そのほうが望ましいけど、戦争中にそんな人材は回せないから期待しないでおこう。

俺を信用してもらえれば、監視役は誰でもいいと少し考えれば分かるはず。

金でも娘さんでも動かない俺が、向こうに報告するメリットがないからな……もし俺が裏切って報告するような立場なら、この時点でエラトリア王国を引っ掻き回しておく方が有利だし。

ま、二日しか顔を合わせていない俺を警戒するのは当然なので、この対応はむしろ好感が持てる。

嫌がらせでもなんでも、牽制することは大事だからだ。

さて、後は風太達に連絡を入れておくかとスマホの電源を入れる。着信がないところを見ると、向こうはまだ平和だな。今は夜八時。この時間ならさすがに訓練から戻っているだろうと通話ボタンを押すと、数コールの後に風太の声が聞こえてきた。

「リクさん！　こんばんは、無事みたいですね」

「おう、お前も元気そうだな！　夏那ちゃんと水樹ちゃんは？」

「そこに居ますよ」

風太がそう言うと、後ろから夏那の『えー、リクからー？』みたいな声が聞こえてきたので、元気そうだと安心する。

「なにかありました？」

「まあな。とりあえず、今日のことを話しておこうと思ってな――」

そう切り出して、エラトリア王国側に非がなく、おそらくエピカリスが戦争を起こす話をしに来るであろうこと、俺がそっちへ一旦戻る話をした。

「いよいよ、ですか」

「ああ。なんとか引き延ばして出陣は断っとけ」

「は、はい……！　すみません、頼ってばかりで」

「気にすんなって、一緒に召喚された仲だろうが。力が付けば強引な手も使えるようになるし、それまで訓練だな」

俺が笑うと風太もそうですねと苦笑していた。強引な手……力があれば大人しく城に軟禁されている必要はないってこったな。

「リクー、戻ってくるのー？　リーチェは？」

『居るわよー』

「おう、夏那ちゃんか。ああ、変わりないか？」

「大丈夫……って言いたいところだけど、変態騎士団長にセクハラを受けてるから早く助けてほしいわ。このままじゃ貞操《ていそう》が危ういって」

「ははは、そうやってネタにできるうちは平気だな！」

「他人事《ひとごと》だと思って！」

と、夏那と喋っている時に、

「リクさーん、団長から話は聞きましたよ」

部屋の鍵をかけていなかったらしく、フレーヤが入ってきた。

「ん？　女の子の声……？」

「ちょ、またな！」

「ふあ……昨日の夜はリクさんと作業して遅かったし眠いですねぇ。それで──」

「あんた女の子と夜、し、しししてたって⁉」

「ち、違うぞ⁉　またな！」

「まちな──」

夏那の怒声をさっと切ってスマホを片付ける。『作業している』の部分が『している』だけ聞こえてたみてえだな……。別にやましいことはしていないがフレーヤにスマホが知られるのは面倒だ。

「……」

「痛い!?　なんでわたしこめかみをぐりぐりされてるんですかね!?」

『ノックしないで入ってきたからじゃない……？』

「そういえばそうでした!!?」

——とりあえずいじめておこう。

◆　◇　◆

——Side：風太——


「……切れたわ」

「うう、私も話したかったのに……」

「帰ってきたら問い詰めないといけないわね……!」

「いや、夏那はリクさんの彼女でもないし」

「いいのよ！　あたし達を置いて好き勝手やっているのが許せないし！　後、声が可愛かった！」

「ええー……」

リクさんも大変だな……。

恋人かあ……夏那も水樹もいつかそういう相手ができるんだろうな。僕的にはリクさんと夏那ってお似合いだと思うんだけど、どうかな。僕だけかな、そう感じるの？

でも確かに電話の向こうから聞こえてきた声は可愛かったな……ちょっと羨ましい……。っと、そうじゃなくて戦争が始まるんだっけ。

腕を磨いて、二人を守れるようにしておかないとリクさんに怒られるな。

二人が話しているのを横目に、僕はテラスに出て素振りをする。

……死ぬわけにはいかない。絶対に元の世界へ戻るんだ……！

第八章　ロカリス王国への帰還

「ったく、昨日の今日で男の部屋にノコノコ来るかね？　食っちまうぞ」

「くぅー……痛い……。食べる？　なにをです？」

「いや、もういい……。で、なんか用があるんじゃねえのか？」

「あ、そうそう。リクさん、ロカリス国に戻るそうですね。誰かを連れて行くって話ですが、わたしが行くことになりました！」

ない胸を反らしてドヤ顔を決めたフレーヤを見て、そうだろうなと思う。

俺とよく話しているし、戦力的に微妙といえる彼女はちょうどいいのだろう。

……黒い話をするなら、フレーヤくらいなら『万が一』あっても痛手が少ないと思ったか？　だが、まあ、ニムロスがそんなことを考えそうにないし、逆に安全牌《ぱい》として同行させると見た。

とはいえ、実際は俺が『そうなるように』仕向けたのは内緒だがな。なにかとフレーヤを使っていたのはその布石みたいなもんだ。

だが、一応本人に確認はしとくべきかと俺は告げる。

「敵国に突っ込むけど大丈夫か？　エラトリア民だと知られたら見せしめに処刑されるかもしれねえぞ」

「しょ……!?　だ、大丈夫です……騎士になった日から、覚悟はできています」

「オッケー、それでこそ騎士だ。自分の身は守れよ？」

「は、はいっ！　あ、で、でも、出発前はお父さんとお母さんに会っておきたいかも……」

『まあ、いいんじゃない？　怖いのは怖いしね。女騎士っていえばロザを思い出すわね』

……懐かしい名前が出てきたな。騎士のくせにすぐべそをかく、歳上のくせに手間を取らせてくれた奴の名だ。

「女騎士……彼女さん、ですかね？」

「違うって……うお!?　詰め寄るな!?」

『リクはダメよ、忘れられないひ――わぷ!?』

「おら、くだらねえこと言ってねえで寝るぞ！　それとも一緒に寝るか？」

「い、いいですけ……痛っ!?」

「嘘だよ。さっさと部屋に戻れ」

俺はフレーヤに強力なデコピンをかまして部屋から追い出すと、布団に入って目を瞑る。

「ええー！　聞かせてくださいよー！」

『なんでわたしまで追い出されるのよ!?』

無視だ、無視。くそ、余計なこと言いやがって……。

……いや、俺が気にしすぎなんだろう。もう、終わったことだというのにな――

◆◇◆

――そんなこんなで全てを決めた日から着々と準備は進み、部隊展開の準備もできたとニムロスから通達があった。

俺は基本的にハリヤーに餌やりか、騎士達の訓練や準備をボーっと見つめるくらいしかしてねえ。……いや、フレーヤに俺直伝《じきでん》の訓練は少し施《ほどこ》したか。

で、そろそろ手紙がエピカリスの下へ到着する頃だろう。

もう少ししたらニムロスと出発することになる。エピカリスはさすがに出てこないだろうから、遠征《えんせい》した騎士達と入れ違いに帰るのがベストだ。

プラヴァスあたりなら説得できそうだが――

「……誰だ？」

俺がハリヤーに水を飲ませていると、背後に誰かが立つ気配があった。振り返らずに尋ねると、気配の主は少し間を置いてから口を開いた。

「騎士団長のワイラーだ、少しいいか？」

「あんたか、俺になにか用かい？」

首だけ動かして背後を確認すると、確かに騎士団長の一人だった。

「……他の人間はお前を信用しているが、オレは違うということだ」

「へえ、ならどうする？　言っておくが、俺を排除したらこの戦争、負けるぜ？」

俺の放った言葉に、眉をぴくりと動かし見下ろしてくるワイラー。不敵に笑う俺に、不機嫌そうな顔を向けて口を開く。

「随分と自信があるようだな？　貴様一人でなにが変わるというのか。繰り返すが、オレはお前を信用しちゃいない」

「別に信用されたくてやってるわけじゃねえ。利害の一致、それ以外になにがあるんだ？　ロカリスはキナ臭えが、あいつらの言うことが真実ならあっちの味方をしたさ。だが——」

「こっちの方が使えると判断したということか」

被せてくるように言ってきたので、俺は口元に笑みを浮かべながら小さく頷く。

「あんたみたいなのが居た方がいいのは間違いねえ。その警戒はあって然《しか》るべきものだ。甘い陛下や他の騎士団長はいい奴だが、こういう時は頼りになりにくいからな。警戒心の強い奴が一人くらい居ねえと」

「……」

「ま、安心してくれ。俺の敵にならない限りは協力してやるからよ。向こうに行っても戻ってくる」

そこでハリヤーが『そうですよ』という感じで小さく鳴く。

「言葉だけで信用しろと？　今しがた警戒心が強いと言った相手が、それを聞くとでも思っているのか」

「思ってるさ。嫌な奴にならざるを得ない性格だろうしな、あんたは。でも本当は違う。そうじゃなきゃ、ここの姫さんもタダの嫌な奴と婚約はしねえだろうよ」

「……ふん、変な奴だな貴様。……っと、なんだ？」

俺の言い草にフッと笑ったワイラーに、愛用のオイルライターを投げ渡す。

「大事なもんなんだ、俺が帰ってくるまで預かっといてくれや」

「いいのか？」

「まあ、信用の証《あかし》だ。……もし、戦いで物凄く困ったことがあれば使いな。中のヤスリを回せば火が点《つ》くぜ」

「……む、魔法が使えない者にはいいかもしれんな」

そう言いながら懐からなにかを取り出して俺に放り投げてくる。

そいつをキャッチすると、それはこの国の紋章《もんしょう》が入った短剣だった。

「オレが成人した時に父から貰った物だ。預けておく、必ず返しに来い」

「はっ、物好きな野郎だ」

「お互い様だろう？」

「ちげぇねえ」

俺が肩を竦めて手を広げると、ワイラーは懐にオイルライターをしまいながら空を仰ぎ、話し出す。

「……この国を守りたい。すまないがロカリスの方は頼むぞ、異世界人……リクよ」

「任せとけって」

――この後ちょっと手合わせをしてみたりして、全員からの信頼は得られたな。どっちでもよかったが、味方は多い方がいい。今後のためにも。

そして、ロカリスへ戻る日がやってきた――

◆◇◆

時は少し遡《さかのぼ》り、ゼーンズから戻ってきた手紙を開いたエピカリスは真顔で文字を目で追う。

全てを読み終えた彼女は手紙を握り潰し、目を細めてにっこりと微笑み、誰にともなく呟く。

「……なるほど、さすがに出荷量を増やすことはできませんでしたか。まあ、そんなことをすれば自国も干からびてしまいますしね」

「その様子ですと……」

「ええ、最終交渉も決裂しましたわ」

「如何《いかが》いたしましょうか？」

「……そうですわね。こうなれば争ってでも手に入れるしかありませんわね」

瞬間、跪《ひざまず》いて待機していたヨームの顔が強張る。エラトリアと揉めているのは分かっていたが、まさかここまでこじれているのか、と。

「やはり、戦争ですか……」

「ええ、各騎士団長へ通達を。三日以内に出兵できるように手配をするようきつく言っておいてくださいまし」

「ハッ……。し、しかし、食料の交易だけでここまでせずとも良いのでは？　こちらの条件はいったー――」

『いったいどう書いて送ったのか』とヨームが進言しようと顔を上げたところで、背筋が一気に寒くなり言葉を詰まらせる。

そこには笑顔なのに恐怖を感じさせるエピカリスが立っていて、ヨームをじっと見つめていたからだ。

「なんでしょうか、ヨーム？　わたくしになにか意見でも？」

「い、え……なんでも、ありません……国王陛下もそれでご納得されているの、でしょうか」

急に息苦しくなった彼は体を震わせながら頭を下げて口を開く。すると、エピカリスはヨームのところまで歩いて行き、膝を突いて肩に手を置く。

目を合わせて微笑みながら、彼女は唇を動かす。

「もちろんですわ。お体の優れないお父様の代わりに執政をしているわたくしを信じられませんか？　ほら、よく目を見て……？」

「……！」

瞳の奥底に見える怪しい光。

ヨームはその光から目を離せなくなり、一秒か、数分か……呆然としていた彼はやがてハッと意識を覚醒《かくせい》させる。

「騎士団に出兵の通達を。いいですね？」

「……はい、かしこまりました、姫様」

「よろしい。それでは頼みましたよ」

ヨームは立ち上がると頭を下げて謁見の間を後にする。

エピカリスは目を細め、口元にニタリと笑みを浮かべながら玉座に座る。

「うふふ……面白くなってきましたわ。棄却《ききゃく》するとは思っていましたが、まさか宣戦布告までしてくるとは意外でしたわね。……あの妙に強い覆面の人間が居ることで強気になったか……？　しかしこちらには勇者が居る。それが分かった時、奴らの顔がどうなるか見ものだわ」

先ほどまでの微笑みではなく、顔を醜《みにく》く歪めて笑うエピカリスの瞳は……怪しく輝いていた――

（ああ……恐れていたことが……勇者様……どうか、気づいて――）

◆　◇　◆

「それじゃ、またな」

「僕達が無事ならね。プラヴァスによろしく言っておいてくれ」

「ああ。俺が姫さんを抑えるまで耐えてくれよ」

森の前で部隊展開を終えたニムロスと、それだけ言葉を交わして別れる。

ここまでに色々と話してきたし、今さら詰めて語るようなこともないからな。

できれば親友同士の戦いなんてのは見たくねえし、早く姫さんを問い詰めたいところだ。

ハリヤーの手綱を軽快に動かして走らせていると、リーチェが俺の懐から顔を出して口を開く。

『来た時よりも速くない？　二人乗りなのに』

「ハリヤーには悪ぃが、向こうも準備を整えて兵を出しているはずだから急いで戻りたい。もちろん数時間ごとに休憩は取って傷を治す」

「頑張ってくださいね！」

俺の前に座るフレーヤに首筋をポンポンと叩かれて、ハリヤーは『頑張ります』とばかりに声を上げる。若い馬より年寄りの方がこういう時は頼りになる。我儘を言わねえからな。

「それにしてもわたし、装備とかなにもしなくてよかったんですか？」

「お前の武具は俺が魔法で収納してあるから大丈夫だ。というか着たままだとハリヤーが可哀想だろ。それに徽章《きしょう》入りの鎧を着て敵地に入りたいのか？」

「あ、確かに……」

「どうせお前の顔なんてロカリスの人間は誰も知らねえだろ？　だから村娘だってことにして一緒に城へ帰るんだよ」

『フウタ達のため？』

「ビンゴだリーチェ。フレーヤ、お前には俺の仲間の救出を手伝ってもらいてえ」

「い、いいですけど、その人達って勇者なんじゃ……？」

フレーヤが俺の顔を見上げて不思議そうな声を出す。

まあ、今の三人なら自力で切り抜けることができそうだが……。

「あいつらにはできるだけ戦いはしてほしくねえんだよ。まして人間相手は避けたい」

「勇者さんって対人戦は考慮されてないんですか？」

「俺達の住んでいた世界は殴り合いの喧嘩すらほとんどないようなところなんだ。そいつらがいきなり剣を持って殺し合いなんてできるわけねえだろ。お前は人を斬り殺したことがあるか？」

「あ、ありません……」

「そうか」

俺はそれ以上なにも言わずフレーヤの頭に手を置いた。

こいつは騎士で、この世界の住人だ。青い顔をしているが分別《ふんべつ》はつけられるだろう。

望んで騎士になったんだ、風太達と違い『やめておけ』とは言えねえ。

人を殺してからでは遅い……どの口が言うのかというのもあるがな、俺の場合は。


そしてロカリスとエラトリアの国境を越えてから数時間。

やはりというか、魔物と出くわさない異常さを感じながら、最初の野営に取り掛かる。

ミシェルの町へは四日程度かかるので陽が高いうちにさっさとテントを張った後、フレーヤの作った飯を食うと毛布を手渡してやる。

「んじゃ、おやすみ」

「はい、おやすみなさい！　……って、テントで寝てもいいんですよ？」

「気にすんな、ハリヤーを枕にさせてもらうって」

「それはそれで羨ましいかも」

横になっているハリヤーを見て笑い、フレーヤはテントの中へ入る。

俺は焚火を弄《いじ》りながら少し待つと、寝息《ねいき》が聞こえてきたのでスマホを片手に立ち上がる。

「……さて、と」

『ここで電話しないの？』

「フレーヤを起こしそうだしな。それに通話は色々と問題があるから聞かれたくない」

『あー』

リーチェが生返事をする中、俺はそっとテントを離れた。

ギリギリ焚火が見えるし、結界を張っているからとりあえず大丈夫だろう。

ディスプレイに目を向けると大量の不在通知が入っていたことに気づく。夏那と水樹ちゃんからも連絡があったようで、通知欄が大変なことになっていた。

「……風太っと。ありゃ」

「なんかあったか……って、エピカリスのことだろうがな。もしかして出兵するんじゃないかね、っと……」

スマホを操作して通話ボタンをタップするとコール音……はせず、

「リクさん！」

「おおう!?」

速攻で風太の大声が聞こえてきて、俺はびっくりしながら返事をする。

「随分慌てているがエピカリスが動いたか？」

「分かるんですね……。ええ、エラトリア王国へ出兵するとさっきヨーム大臣から通達がありました」

「まあ、想定通りだな」

「ちょっと、止めるためにそっち行ったんじゃなかったの⁉」

俺が神妙な調子で言うと、夏那が怒鳴りこんできた。

それも想定内なのでスマホから耳を離していたのは内緒である。

「おいおい、俺みたいなおっさんが戦争を止められると思ってんのか？　状況の真偽を確かめるためだって言ったろ」

「この流れは変えられないんですね」

「水樹ちゃんの言う通りだ。結局、この世界の人間の始末は現地人でするしかねえ。俺が一国の王とかならできるかもしれねえが、三人の学生と一緒に異世界へ来たただのおっさんだ。助言はできるが、解決までは難しいってな」

「こういうことが昔にもあったんですか……？」

おっと、口が滑ったな。

もちろんあったが別に今、こいつらに聞かせる必要はねえ。

「いや、俺のありがたくない蘊蓄《うんちく》だ。とりあえずなにがあったか聞かせてくれるか？」

「もちろんです」

まだ出兵していないことは僥倖だが、風太達の話を聞いてこっちも行動を考えるか。

すぐに電話に出た、ということは三人ともまだ安全な場所に居るってことだと思い、ひとまず安心する。

「僕達が訓練を終えた頃、ヨーム大臣がやってきて――」

◆◇◆

――Side：風太――

「……皆、少しいいか？」

「ヨーム殿が訓練場に来られるとは珍しい、どうしました？」

僕と夏那の模擬戦が終わったちょうどその時、大臣のヨームさんが訓練場に顔を出した。すぐにプラヴァスさんが騎士や兵士を集めて彼の前に立つ。

僕達三人もなにごとかと近づいて話を聞いてみることにした。もしかしたらなにか情報を掴めるかもという期待もあったからだ。

「姫様の下にエラトリア王国からの書状が届き、国交回復は不可能と判断した。そして戦いのため出兵をすることを決めた。各騎士団長はこの後ミーティングをするので集まるように」

「はっはっは、ついに戦争か。エラトリア王国も覚悟を決めたようだな」

「……」

陽気なレゾナントと対照的にプラヴァスさんは難しい顔をしている。

「プラヴァス殿？」

「む？　ああ、承知しましたヨーム殿。聞いた通りだ！　戦いが始まる、気を引き締めるように！」

考え事をしていたプラヴァスさんは声をかけられるとすぐにいつもの調子に戻り、兵士を連れて訓練場を後にする。

ヨームさんをじっと見ていたけど、気になるところでもあっただろうか？

それはともかく、一大事だと僕達は冷や汗をかきながら顔を見合わせる。

要するに交渉は決裂してこれから戦争が始まるということ……。

「あの、本当に戦争になるんですか……？」

「そうだ。勇者の二人はもちろん遠征に出てもらう、そのために喚び出したのだからな」

僕の言葉に迷いなく返してくるヨームさん。

確かにエピカリス様は隣国と揉めた時に助けてほしいとは言っていた。けど、僕達は勇者で魔王を倒すために喚ばれたはずだから、隣国と戦うことがメインのような言い方をされるのはかなり困る。

それは他の二人も思っていたようで、夏那が激高《げっこう》しながらヨームさんに詰め寄っていく。

「いやいや、どうしてもってなら話は分かるけど、いきなり前線はないでしょ？　訓練したとはいえまだ一か月ちょっとよ？　覚悟もなにもあったもんじゃないわ」

「……しかし、それを決めるのはお前達ではない。姫様だ」

「それはいくらなんでも……」

　水樹が青ざめて呟く。

　……こういうのがリクさんの言う『厄介』なことで、そしてこれに流されないようにしなければならないのだ。

「いくらなんでも横暴《おうぼう》かと思います。確かになにかあれば協力はするとお伝えしていますが、命令される覚えはありません」

「なにを——」

「分かりませんか？　ここに拘束される必要はない、ということです。僕達もリクさんのように出て行くことは自由なはずです」

　リクさんと一緒じゃなければこういう言葉は出なかったと思う。喚ばれたのだから従うと考えてしまい、ここから出て行こうとは考えなかったはずだ。

　もしかするとそれがリクさんの狙いだったのかもしれない。

「……敵を前に逃げると言うのか？」

「そもそも、勝手に召喚しておいて戦いたくない相手と戦わせるということが横暴ではないですか？　魔王はともかく、この世界のことはこの世界の人達がやるべきでは？」

「……ぬ。どちらにしても、ここで負ければお前達とてどうなるか分からんのだぞ？　それと勇者ではない娘を危険に晒すつもりかね？　弓が多少使えたところで、野盗にでも捕まって売り飛ばされるのが目に見えるわ」

「僕達も強くなっていますし、そこはご心配なく。申し訳ないですが、水樹が外に出られないというのであれば、なおのこと遠征には出たくありませんね。あなたではなく、エピカリス様と話をしたいのですが？」

「姫様は忙しい。遠征までまだ時間がある、考えが変われば教えてくれ」

ヨームさんはそう言って睨みつけるようにこちらを見た後、踵を返して訓練場を立ち去って行った。騎士やプラヴァスさんはすでに居なくなっていたので先ほどの話は聞かれていない。

「風太、かっこよかったわ！」

「うん、リクさんみたいだった」

「そ、そう？　でも、リクさんの言いたいことは分かった気がする。この世界のことはこの世界の人間で……か。自分達の目的のために関係ない人を巻き込んでおいてあの言い草だから、こっちも相応の主張はしないとね」

「確かにそうよね……。あたし達が弱かったら別だけど、言いなりになる必要ってないもん」

「でも、大丈夫かな？　適当な理由を付けて風太君と夏那ちゃんを外に出しそうな気がするけど……」

水樹が心配そうな口調で言うが、夏那が首を横に振って口を開く。

「心配ないわ。その時はリクを追って城から出ればいいのよ。……こっちの国は言いがかりを付けて攻めているわけでしょ？　それに付き合う必要はないって」

「でもその情報をどこで、ってなりそう。言う？」

「そこは言う必要はないよ。リクさんが戻るまで僕達は待つだけだ、だから頑張って引き延ばす」

僕が言うと二人が頷いてくれた。

さて、啖呵《たんか》を切ったのはいいけど、ヨームさんの態度、気になったな。神経質そうだったけど、あんな言い方をする人じゃなかったと思う。戦争でピリピリしているからかな……？

プラヴァスさんもじっと見ていたし、いつもと様子が違うのは間違いなさそうだ。

とりあえずここに居ても仕方がないので、僕達は部屋に戻るために歩き出す。

「姫様は話に応じるかしらね？　なにか言われた時のためにシミュレーションしとこうかしら。水樹、姫様役ね」

「え、ええ⁉　……わ、わたくしの言うことが聞けないとおっしゃいますの？」

「ぷふー、に、似てなさすぎ……‼」

「もー、やれって言うからやったのに！」

「おいおい、これから大変だっていうのに遊んでいる場合じゃないよ」

と、窘めたけど夏那は返してくる。

「……だからこそよ。不安しかないもの、無理にでも明るくしないと、ね？」

「うん」

見れば二人は震えていた。男の僕でも焦るのに、彼女達がそうならないわけがないのだ。

◆　◇　◆

「――で、今に至るわけか」

「ったく、全然出ないんだから！」

「悪い、こっちも立て込んでいたんでな。それじゃ近いうちに出兵か……出くわすとしたら――」

俺が簡単に道程を思い返して考えていると、

「あふ……リクさん、そんなところでなにをしてるんですかぁ……？」

「げ、フレーヤ」

「また女の子の声……！」

「なんか女の子の声が……？」

チッ、厄介な。

俺はスマホを隠してからフレーヤへ尋ねる。

「お前こそどうしたんだ？」

「ちょっとおトイレに……」

「はいはい、見ていてやるから早くしろ」

「はーい……って見たらダメですよ⁉」

「分かったからあっち行って寝てろって」

俺が追い払うと、フレーヤはふてくされながらこの場を離れ、どこかで用を足したのかテントに戻る姿が見えた。

「……ったく、驚かせやがって」

「この前の子っぽいけど、どうしたのよ」

「ああ、エラトリア王国の騎士だ。とりあえず状況は分かった。なるべく早くそっちへ行くからもう少し耐えてくれ」

「分かりました。気をつけてくださいね」

水樹ちゃんの言葉に礼を言ってから通話を切る。

ハリヤーをもう少し無理させることになりそうだなとスマホのディスプレイを見ながら呟き、俺はハリヤーを枕にして横になる。

「……よし」

俺はこの後のプランを頭に描いて眠りに就いた。

第九章　再会

『速〜い』

「一晩寝たら元気ですね、ハリヤーって本当にお年寄りなんですか？」

「ああ、尻尾の長さとか実際に触ってみると筋肉の衰えはあるぞ。無理をさせている分、餌は期待してくれ」

ハリヤーは『いえいえ、とんでもないです』と言いたげに一瞬こっちに目を向けて小さく鳴く。

脚のケガは治しているが、体力だけはどうにもならねえ。疲れもあまり取れてないと思うが、今は頼らせてもらうぜ。

国境を越えロカリス王国を進む俺達は、騎士達がまだ遠征をしてこないことを理由に街道をひた走っていた。

なるべくロカリス王都の近くでプラヴァス達と接近し、できるだけ向こうの兵がエラトリア王国へ近づくのを遅らせたいため、休憩を少し減らしている。

そして頃合いを見計らって全体を見渡せる小高い丘へ移動すると――

「……見えた、あれがそうだな」

「す、凄い数……ここから見えるだけで三、いえ、四千人は居ますね……。あれがエラトリア王国に向かうんですか……？」

「そういうこった。プラヴァスとニムロスは親友らしいから、そのノリで話をしてみるとするか」

『あんたは途中で拾った村娘、いいわね？』

「は、はい！」

緊張のせいか即座に肯定するフレーヤに苦笑しつつ、ハリヤーを騎士達の列へ向かわせる。旗《はた》を掲げているのが騎士団長か？　分かりやすいな。

俺はプラヴァスの鎧の色を思い出し、目を凝《こ》らして一番手の列を預かっているのを見つけると真っすぐそちらへ向かった。

列の外側の騎士が、急に近づいた俺達に目を見開く。

「……！　何者だ、我らをロカリス騎士団と知って近づくか？」

「いきなり警戒されてますけど……」

「こいつらは俺の顔を知らねえからな。すまねえがプラヴァスと話をしたい」

「騎士団長と……？　素性が分からぬ者を近づけさせるわけにはいかんな。エラトリア王国の刺客《しかく》かもしれん」

その言葉にフレーヤが顔を強張らせるが、頬をつねって悟らせないようにする。

まあ、この騎士の言うことは正しいので、俺はヨームに貰った通行証を見せることにした。

「俺は異世界人だ。それくらいは知ってるだろ？　ヨームの奴にこいつを渡されたが通用するか？」

「なんだ……？　これは……なるほど、出て行った異世界人か。こんなところを女連れとは驚いたな……」

「そう言うなって、装備もいい物を貰ってたから苦はねえんだ。元々向こうの世界では商人みたいなことをやっていたしな」

ただの中小商社だが嘘じゃねえぞ？

そこで、騎士が列を離れて俺の前に立つと隊の中央、旗の下に居るプラヴァスに大声を出した。

「プラヴァス団長ー！　異世界人が訪ねてきていますがどうしますか！」

すると――

「リクか!?　まさかここで会えるとは……よし、一旦休憩だ！　通達！」

――複雑そうな顔でプラヴァスが俺の前に現れた。

「よう大将、久しぶりだな！」

「ああ、馬を持っているみたいだが、買ったのか？　どうだ、その後は？」

「ちょっと色々あってな。少し離れたところで話せるか？」

「む……よかろう」

話が早い奴で助かるぜ。

俺はフレーヤとハリヤーを引っ張り、プラヴァスが指定した木の下に移動する。

そこでプラヴァスは兜を脱いでフレーヤに目を向ける。

「そちらのお嬢さんは？」

「は、初めまして……」

「ちょっと旅の途中で知り合ってな。連れってやつだ。で、こうして行軍しているってことは戦争かい？」

フレーヤのことは適当に紹介しつつ本題に入る。

当然知っていることだがあえて尋ねることで、俺自身はエラトリア王国に関わっていないことを暗《あん》に示唆《しさ》しておく。

すると、プラヴァスはため息を吐きながら口を開く。

「そうだな、見ての通りエラトリア王国との交渉は決裂して攻め込むことになった。まさかこんなことになるとは」

「……風太達は？」

「彼らはまだ城に居る。フウタ君が戦争を渋って部屋から出てこない。ヨーム殿とエピカリス様が説得にあたっているからそのうち出てくると思う。勇者の彼らはかなり強くなったから、参戦してくれると助かるのだがな」

「ふん」

お前らのために働く必要はねぇんだ、と言おうとしたがその前にプラヴァスが別のことを口にする。

「……とはいえ、彼らは元々ただの平民。戦えるようになったとはいえ、まだ参加させるには危うい。城を出たら私の下へ来るよう言ってあるので、よほどのことがない限り戦わせる気はないがね」

「オーケー、俺が見込んだだけのことはあるぜ。で、戦争はいいが姫さんから詳しい話は聞いているのか？」

「ん？　あ、いや、ヨーム殿から開戦するようにと言われただけだな。我らはその決定に従うまでだ」

「他には？　まさか、直接命令されたわけでもねぇのに従ってんのか？」

「……そうだ。ヨーム殿は直属《ちょくぞく》の大臣だ、彼がエピカリス様の言葉と言うのであれば従うに決まっているだろう」

「なら他になんか聞いたりは……」

「していないな」

なるほど、風太の話通りか。

というか騎士としては褒められる精神かもしれねえが……。

「それは……ダメだろ」

「なぜだ？」

「色々だよ。身内だから信じているかもしれないけど、もしそのヨーム殿が嘘を吐いていたらどうすんだよ？　実はエピカリスが誰かに脅されていて戦争を仕掛けるしかなかったとかを考えろってこった。今までの積み重ねはあるだろうが、それでも騎士団長に意見を求めず、いきなり出兵はおかしいと思えよ。作戦はどうなんだ？」

「国境を越えてから……いや、さすがにそれは話せん」

「ま、当然だな。なんでそういう確認や質問をエピカリスにできなかったんだよ」

俺が突っ込むとプラヴァスは冷や汗をかきながら言葉を詰まらせる。

この国のやり方はトップダウン型の政治だったのかねえ？

そんなことを考えていると、プラヴァスは俺の目を見ながら口を開く。

「……確かに、リクの言う通りかもしれん。それなら打ち明けるが、気になることがある」

「気になること？」

「ああ、ヨーム殿のことだ。私達に出兵の話をした時にエピカリス様のことを『姫様』と言っていたのだ。彼は普段『エピカリス様』と名を呼ぶ。そこに違和感があった」

「正式なことだから……いや、だったらなおさら『エピカリス様』って言うか」

「嘘を吐く、というより偽物だったという可能性もなくはない……かもしれん。証拠はないし今は確認のしようがないが」

ヨームどころかエピカリスが一番臭いんだがな。

俺はどうしたものかと考える。手紙の内容をこいつに教えて、進軍を止めてもらうか、一緒に王都に戻ってもらうか、というやつだな。

打ち明けるメリットは二つある。対《つい》となるものだが、一つ目はプラヴァスに真実を語れること。これなら、納得してもらったうえで進軍を止めてもらえるかもしれない。

二つ目は、たとえ味方になってくれなくても、俺がエラトリア王国のスパイ扱いされること。そうなればここで俺が逃げると俺に対して牽制する必要が出てくるので、部隊を少し王都に回す可能性が高い。

……少し考えた後、プラヴァスなら大丈夫かと口を開く。

「そんなお前に一つ悲報だ。手紙の内容はでっち上げで、エラトリア王国は再三、要求を変えてくれと頼んでいた。が、エピカリスがそれを握り潰した形になる」

「なにを言っている……？　リク、貴様はエラトリア王国に行っていたのか？」

おーおー、殺気をむき出しにしてくるねえ。

俺は口元に笑みを浮かべながらプラヴァスへ返す。

「ま、そういうこった。ニムロスとも会ってきたぜ、お前によろしくってよ」

「む……」

「俺は召喚された時に聞いた話が本当かどうか確認しに行ったってわけよ。冤罪《えんざい》を風太達に被せるわけにゃいかねえしな？　このまま戦争をしたとして、勇者が罪もない国を襲ったとなりゃロカリスはいい笑いものだぜ」

腰の剣に手をかけていたプラヴァスがゆっくり手を下ろして口を開く。

「……それを信じるのは難しいと思わないか？　ヨーム殿ではなく、お前が嘘を吐いている可能性は？」

「ここでそれを蒸し返すか、よほど刺さったらしいな。判断は『お前に』任せるよ。どちらにせよ俺は風太達を連れてロカリスを出る。エピカリスは信用ならないしな。エラトリア王国には魔族がちょっかいをかけているみたいだし、気をつけろよ？　魔物も多い……フレーヤ、乗れ！」

「は、はい！」

「ま、待て！」

プラヴァスが俺を掴もうとするが、一歩遅くハリヤーと共にその場を離れる。

「とりあえずお前達が役に立たねえことは分かった。精々、親友のニムロスとやり合えばいいんじゃねえの？」

「……」

どうしていいか考えているプラヴァスだが、それに付き合っている暇はない。

さっさと先へ急ぐかと思ったところで――

「はっはぁ!!　逃がすと思うか!!」

赤い髪の男がこちらへ向かって走ってくるのが見えた。野郎、剣を抜いてやがる。

俺達を攻撃するつもりなのは目に見えているので、ハリヤーへ指示を出す。

「おっと、いきなりなんだってんだ？　ハリヤー、走れ！」

しかし、向こうは若い馬のようですぐに眼前に回り込まれた。

こいつも騎士団長か？　訓練場で見た気がするなと思いながら俺は剣に手をかけた。

「なんだ？　そこをどいてくれねえか？」

「どこへ行くつもりだ？」

「言う必要があるとは思えねえ、俺の勝手だろ。……チッ」

赤い髪の男が俺の行く手を阻み、脇から抜けようとしても前を塞いでくる。

その間に同じ色の鎧を着た部下であろう人間が取り囲んできた。

「一般市民を騎士が囲むのはどうなんだ？」

「貴様、城を出て行った異世界人だな？　城へ戻るつもりか？」

「まあ、そうだな。ヨームの奴に戻ってきてもいいと、こいつを渡されているから問題ねえだろ？」

俺が通行証を見せると、赤い髪の男は凝視した後に口を開く。

「今は戦争中だ、異世界人に構っている暇はない。その女と一緒にその辺の町で終わるまで待つべきだな」

「そういうわけにもいかねえんだ。風太や夏那ちゃん達を迎えに行かねえといけねえ」

「……なんだと？」

そこで男の顔が険しくなり、俺に剣の切っ先を向けながら言う。

「勇者はこの戦いに参加するし、魔王と戦うための切り札だ。それを連れ出そうとするなら、なおのこと通すわけにはいかんな。それにカナはオレが貰う予定だ」

という呆れた言葉を吐いてくる赤髪に、俺はため息を吐いて先ほどプラヴァスに言おうとしたことを告げる。

「そもそも風太達はお前らが召喚したからといってお前達の所有物じゃねぇ」

「だが、召喚された以上我らに尽くすのが筋というものだろう？」

「そんなわけあるか。こちとら勝手に喚ばれて迷惑しているってのによ？　てめぇも別世界にいきなり喚ばれて納得いくか？　ああん？」

「そんなことは関係ない。ここに来たからにはそれに従ってもらうまで」

こりゃダメだ、馬鹿と言葉の通じない奴を相手にするほど暇じゃねぇし、とっとと行くとするかね。

「こっちは意思ある人間で異世界人だ。それを決めるのはてめぇらじゃねぇ。フレーヤ、しっかり掴まってろよ！　ハリヤー!!」

『待ってました』とばかりにハリヤーが聞いたことのない声で嘶き、相手の馬と騎士が一瞬怯む。

その隙に身をかがめて一番すり抜けられそうなところに突撃し、王都へ向かって駆け出した。

進軍するか俺を追うか、難しい選択だが向こうからしてみれば――

「逃がすか!!」

「ま、そうなるだろうな」

俺を止めればいいだけだから攻撃してくるのは当然だ。

民間人のフレーヤが居るにもかかわらず剣を振ってくる。最悪だぜ、まったくよ。

「なに!? オレの剣を受けただと!」

「フレーヤ、手綱を頼む」

「わわ!?」

「そんなしょぼい一撃じゃ俺を倒すのは無理だぜ? あっちへ行きな!」

「おのれ……!! 囲めぇぇ!」

受けた剣を力任せに振り抜いて距離を取るが、赤い髪の男は再び並走し、仕掛けてくる。

だが馬上戦闘の場合、斬り落としか突きの攻撃が多いので読みやすい。

なぜなら横薙《よこな》ぎに剣を振ると重心を崩して落馬しやすいからで、騎士団長ともなればそれは承知の上だろう。

実際、現時点で突きを繰り出してくる回数が多い。頭に来ているのか馬を狙ってこないあたり賢くはねえなと思っていると、囲もうとしてきた騎士の一人が弓を引くのが見えた。

「おいおい、女の子に当たったらどうする気だ? 民間人に危害を加えたら顰蹙《ひんしゅく》もんだぜ?」

「……!」

赤髪を牽制しながらそっちに声をかけると、わずかに動揺が見られた。

ここまで来たら誤魔化す理由もねえかと、俺は剣を左手に持ち替え、右手を騎士達に向ける。

「悪いが先を急ぐんでな、ここで諦めてくれや。〈風槍《ウインドランサー》〉!!」

「うあああ!?」

「ぐふっ!?」

渦を巻いた風が暴力の塊となって騎士達の間を抜けていくと、騎士達は木の葉のように宙へ舞い、全員が落馬する。それを見た赤髪は驚愕した表情で斬りかかってきた。

「貴様……魔法だと！　フウタとカナ以外はただの人間のはず――」

「だと思い込んでいるのがてめぇらが使えない理由だぜ！　〈紅蓮剣《クリムゾンブレイド》〉！」

「なあ!?」

左拳に顕現《けんげん》させた炎の大剣を赤髪の胸板に叩きつけて落馬させ、俺達はそのまま王都側へ突っ切り、逃走を図る。

「夏那ちゃんはお前みたいなアホにはもったいねぇよ！　顔も濃いしな？　あばよ、とっつぁん!!」

「お、おのれ……！　俺は二十四だぞ……！　追え！　あの男を捕らえてこい!!」

おっと、俺より年下だったのかよ!?　そこは素直に驚いとくぜ。

騎士達がさらに数十人追ってくるが、俺が〈風槍《ウインドランサー》〉を連発したことで近づけず遠ざかっていく。

風圧がとんでもねえから矢も届かねえし、直撃すりゃ鎧ごと胴体が抉《えぐ》られる強魔法だからな。

やがて諦めたのか振り返っても騎士の姿は見えなくなり、フレーヤの背中を軽く叩いてハリヤーの速度を緩めさせる。

「そろそろ大丈夫そうだ。フレーヤ、ハリヤー、助かったぜ」

「う、うう……驚きましたよ、いきなり斬りかかってくるんですもん」

「まあ馬鹿そうな奴だったしな。これでプラヴァスなりあのアホがこっちに戻ってくると面白いんだが、どうなるかねえ？」

ここで完全に叩きのめしても良かったんだが、いざ向こうで魔族が現れた時に戦えなくなるのは困るからな。

さて、後は城まで行くだけだ。騎士をぶっとばして足止めも少しできたろうし、まあまあ上出来だろう。

そろそろフレーヤ《こいつ》にも働いてもらう時が来たな。

そのためにはまず王都入りを目指さねえとな――

◆◇◆

――Side：夏那――

「――では、あなた方はどうあっても戦争には参加しない、と？」

「ええ。色々考えましたが、僕達は魔王討伐のために喚ばれた存在です。人間同士の争いに加担するのは違うと思いました」

自室に閉じ籠ったあたし達にエピカリス様が声をかけてきたので招き入れたものの、戦争に向かえと言うばかりで話にならない。風太が凛《りん》として断るのを聞いて、あたしも口を開く。

「だいたい、あたし達の居た世界は殴り合いの喧嘩もあんまりないような場所よ？　殺し合いなんて御免だわ」

「ふふ、この世界でなら勇者様のお力で一方的に蹂躙できましょうに」

ニタリと口を歪めて笑うエピカリス。

同じ女だけど、どうもこの姫様は信用できない笑みを浮かべるのよね……？　勘でしょと言われたらそれまでなんだけど、どうしても『目』が気になる。

私達『勇者』を戦争に出して勝利を得るつもりだっただろうからアテが外れたのは間違いないと思う。

元々、魔王よりも目先の戦い優先だったと考えるべきね。

でも勇者が居なければ厳しい戦いになると見越しているなら、どうして交渉に応じなかったのか謎。

そしてあたし達が協力を申し出るかどうかも確実じゃないのに出兵した。

なんだろうこの違和感……まるで——

「では仕方ありません。従ってもらえるようにするしかありませんね」

「なんだって……？」

「風太、水樹を！」

「分かってる！　……嘘だろ……!?」

まずい、と直感が告げ、風太が滑るように動くが一歩遅く、水樹がエピカリスに捕まってしまった。

エピカリスにはあたしと風太で対応するからと目を離していたのが裏目に出てしまった形だ。

「あぐ……!?」

「水樹！　ちょっと、どういうつもり!!」

「口の利き方に気をつけた方がよいのではありませんか？　わたくしとてこのような真似はしたくありませんが、どうしてもと言うのであればこの者がどうなるか分かりませんよ？」

「人質、というわけか。リクさんの言った通りだな……！」

とはいえ、このお姫様自身が直接手を下すとは思っておらず、風太とあたしは油断した。リクにあれだけ言われていたのに……！

「〈フレイム――〉」

「う……」

「くっ……」

回り込んで背中から魔法を撃ち込んでやろうと素早く移動したけど、エピカリスはそれよりも速くあたしを正面に捉えて水樹を盾にしてくる。

リクの言う通り『こういう時』のために水樹も喚んだ、ってことか。

それにしてもまさかお姫様がここまで動けるとは予想外だったわね……言い訳にしかならないけど、それなりに強くなったあたし達が後《おく》れを取るなんて。

「さあ、どうしますか？　この娘を見殺しにして逃げますか？　二人なら騎士も居ない現状、逃げきれるかもしれませんねえ」

「痛っ……!?」

「水樹!?」

エピカリスは水樹の首を腕で押さえつけ、いつの間にか手にしたナイフで水樹の腕に傷を付けていた。今、どこから取り出したか見えなかった。

風太も同じようで、冷や汗をかきながら見たことない顔でエピカリスを睨みつけている。

「わ、私は大丈夫だから……二人で逃げ……うっ……」

「喋らないでくださいね？　価値が下がってしまいますし」

価値……？

「……分かった。水樹に危害を加えないと約束するなら言うことを聞いてやってもいい」

「良かったですわ、わたくしも勇者様と戦いたくはありませんしね。それではこの娘はお借りします。ヨームから通達があるので従うように」

「水樹は僕達の目が届くところへ置いてもらおうか？　戦争にも連れて行く」

「……ふふ、仲間思いですのね。今は言うことを聞いてもらえないと困りますので、こちらの手に置いておきますわ。戦争については……考えておきましょう」

「水樹……！」

あの子なら魔法もあるし脱出できそうだけど、なぜかそれをしない。

「……」

「……！　あんた……」

だけど、水樹の目を見てわざとそうしたのだと悟る。とりあえずこの場を収めることに決めたようだ。

そして水樹はポケットに手を突っ込んでいた。

「では、ごきげんよう」

「……」

あたし達が無言で睨みつけていても、エピカリスは涼しい顔で水樹を連れて出て行く。

水樹が居なかったらぶっ飛ばしてやったのに！　あ、そういえばポケットのスマホが震えていたわね。

「夏那！」

風太に呼ばれて近づきスマホの画面を見てみると、グループチャットに水樹のメッセージが入っていた。

『だいじょ、まほう、まだ見られていないから逃げる　手段　かんがえる』

「よく打てたわね……」

確かに牢屋《ろうや》や部屋に監禁されても、一人で魔法が使える状況なら逃げ出すことは可能か。そこまで考えていたとはやるわね、水樹。

それにしてもエピカリスはなにを考えてあたし達を戦争に行かせたいのかしら……？

そこまで勝てない相手とは思えないけど……。

「しかしまずいことになった……油断した……」

「言っても仕方ないわ。リクに連絡しておかないと。こっちに戻ってきているなら迂闊に城に入られると困るんじゃない？」

「そ、そうだね。無事でいてくれよ水樹……」

ちょっと水樹に嫉妬してしまう言葉を聞いて胸が痛む。

いやいや、それどころじゃない……あたし達はスマホにリクの連絡先を表示させ、通話ボタンを押した——

第十章　反撃の一手を

——ハリヤーを飛ばしてロカリスの王都を目指すこと二日。

明日には到着できるかどうか、というところまで距離を詰めており、かなり急いだためハリヤーにも疲労が見える。さすがに歳を食っているので体力は誤魔化しきれないか。

とはいえ、こいつは相当頑張ってくれているので感謝しかねえ。

俺がこいつを選んだわけだし、賢いのでいい選択だったと思う。

「ん？」

ひとまず町に入ってから一度あいつらに連絡を取るかと思っていると、ポケットに入れているスマホが震え出す。

今はフレーヤも居るので一旦放置だ。

「……とりあえずもう少し待ってくれよ、風太」

「急ぎましょう！」

俺の呟きが城に行くことだと思っているフレーヤが険しい顔で頷く。やる気があるのはいいことだ。

しかしスルーしていたスマホが、一度切れてもすぐに震え出すことに違和感を覚える。

「なんだ、緊急事態か？　少し休憩を――」

俺がそう呟くとハリヤーが大きく嘶き速度を上げた、その様子で俺は――

「そうか、無理か」

――と、前を見据えながらリーチェを呼ぶ。

「リーチェ、俺の胸ポケットにスマホが入っているから代わりに聞いてくれ」

『え？　止まらないの？　ハリヤーを休ませた方が……』

「ダメだ。もうこいつは限界だ。次に止まったらおそらく走れねえ、このままできるだけ近づく」

「え⁉　し、死んじゃうんですか⁉」

「死にゃしねえよ。けど、回復まで動けなくなるとロスが出る。だから今、こいつは必死に走ってんだ。リーチェ、頼むぜ」

俺が神妙な顔で告げると、リーチェは少し泣きそうな顔で胸ポケットに潜り込んで会話をしてくれた。

ぼそぼそとリーチェが声を出し、時折驚いた声を出す。状況はあまりよくないようだ。

「リーチェちゃんの独り言、凄いです」

「気にすんな、たまにおかしくなるんだよ」

「ええー……」

それからリーチェが手短に内容を耳打ちしてくれた。なんとエピカリスが水樹ちゃんを人質に、風太達を戦争に出すと脅してきたというのだ。

あいつらも粘っていたようだが、エピカリスが強硬策《きょうこうさく》に出たらしい。

……あの姫さんが戦えるとは思えなかったが、これはもしかすると俺の考えはビンゴかもしれねえ。

「リーチェちゃん、悩みがあったら聞きますよ？」

『なにが？』

「いいからしっかり掴まってろ、落ちるぞ」

とりあえず距離を縮めるため先を急ぐ。陽が暮れても魔物が出ないのが幸いし、確実に王都へ近づいていく。

だが、三、四時間に一度は休憩を挟んでいたのをやめ、ほぼ六時間走りっぱなしだったハリヤーは――

「脚が……止まりました……」

「ああ」

いよいよ、その場で脚を止めてしまった。

いつもの顔とは違い、涎《よだれ》と鼻水を垂れ流しながら上がった息を整えている。

だがその甲斐あって、もうあと数キロ。遠目に町の灯りが見えるところまで近づいていた。

『ど、どうするの？』

「もうちょっとなのに……」

リーチェとフレーヤが絶望的な声を上げるが俺はこれで十分だと思う。

ハリヤーは俺達が自分のことを心配しているのだと思ったようで、鼻先を使って俺とフレーヤの背中を押してくる。まるで『自分はここに置いて早く行ってください』と言っているようだ。

「ハリヤーはどうするんですか？」

「置いて行くのが一番いいだろうな」

『そんな……』

このままだと足手まといだし、せっかく詰めた時間を無駄にするかもしれない。

それに水樹ちゃんが危ない目に遭うかも、という懸念もある。

だが――

「よし、少し休んだら歩いて向かうぞ。それならお前《ハリヤー》でも行けるだろ」

「リクさん……！」

『うんうん、そうこなくっちゃ！』

ハリヤーは困惑したように頭を振って俺を押すが、首に腕を回して言ってやる。

「これぱっかりは聞いてやれねぇよ。お前を置いて行くのはナシだ。一緒に帰るんだ、いいな？　……俺はもう見捨てるのは嫌なんだ、分かってくれ」

俺の言葉にハリヤーは頭を俺に擦り付けて小さく鳴いたので、分かってくれたと思いたい。

文字通り死に物狂いで走ってきたこいつを放置なんてできねぇだろ？

ハリヤーをすぐその場に座らせて回復魔法を使ってやり、収納魔法から水と食料を取り出してゆっくり食べさせていると、背後でフレーヤとリーチェが話しているのが聞こえてくる。

『さ、フレーヤ、休憩の準備をしましょ』

「リーチェちゃん、リクさんって……」

『はいはい、すぐ動く！』

「わ、分かりました！　つつかないでくださいよー」

水樹ちゃんは気になるが、実のところあの子より風太と夏那の方が危険度は高い。

フレーヤには申し訳ないが、徽章を〈変貌《アナザー》〉の魔法で削って戦闘準備をしてもらうとしよう。

ハリヤーは町に入った時点でテッドに返してやればいい。

少し予定と変わったが、水樹ちゃんを人質に取られたなら計画変更だ。

「さて、時間との戦いになっちまったが……こんなのはいつものことだ、問題ねえ。後はケリをつければそれで終わり。プラヴァス達がこっちへ帰ってきたとしても間に合うかは五分だろうからな」

するといつの間にか近寄ってきていたフレーヤが、驚いた顔で俺を覗き込みながら口を開く。

「なにか面白いことがありました……？」

「あ？　笑ってたか、俺？」

「え、ええ……本当に、心の底から嬉しそうに見えましたけど」

「……そろそろこの茶番劇が終わるから、かもな？　俺には水だけくれ、飯はいい」

「分かり、ました……」

ま、懐かれているのも今のうちだな。

「とりあえず仮眠を……ん？」

瞬間、スマホが震えたのでフレーヤから隠すようにディスプレイを見ると、水樹ちゃんからの連絡だった。捕らわれたはずだが、さすがは俺の弟子。抜け目がねえな。

水樹ちゃんの状況を把握しておくか。連絡が取れるということは監視がないってことだろう。さて、どんな話が聞けるか――

◆　◇　◆

――Side：水樹――

エピカリス様に捕らえられてしまった私は、彼女に連れられて廊下を歩かされていた。

「……わ、私をどうするつもりですか……？」

「ふふ、怖がらないでいいですわ。別に殺そうというわけではありません。あの二人が戦いに赴《おもむ》くようにするにはこれしか思いつかなかったもので」

私はナイフを腰に押し当てられたまま廊下を歩く。

「姫様？　ミズキさんとどちらへ？　お手洗いならメイドへ指示してくだされば……」

「野暮《やぼ》用で少しお話をするためですから、ね？」

「はあ……」

この状況はすれ違ったメイドさんにとっても不可解《ふかかい》だったようで、首を傾げて見送られる。

それに『殺そうというわけではない』という言葉。殺しはしないけど危害を加えないわけではないみたいなので、ここは大人しく従うべきね……。

そのまま外へ出ると庭の隅へと歩かされる。

人の気配が一切しない静かな場所……まるで墓地《ぼち》みたいだと思っていると、私と同じくらいの高さをした彫像《ちょうぞう》の前で立ち止まった。

「ここは……？」

「ふふ……」

エピカリス様……いえ、エピカリスが彫像に手をかざすと、それがずれて階段が現れた。

「申し訳ありませんが少しだけ地下牢《ちかろう》に入ってもらいます」

「……」

ここで暴れて夏那ちゃん達と合流して逃げようか？

だけどリクさんが私に魔法を教えてくれていた時のことを思い出す――

（勇者でなくても魔法を使えたが水樹ちゃんは無理をするな。命の危険がある時だけ魔法を行使しろ。そうでないならチャンスを待て）

……うん。

さっきの動きを見る限り、エピカリスは勇者候補の二人を翻弄《ほんろう》していた。

ということは鍛えている私より確実に強いはず。今は耐えよう、リクさんもこっちに向かっているし、チャンスはまだあるはずだもの。

「真っ暗……」

地下へと下りる階段は暗く、灯りはない。

それに牢屋だというのに、兵士の一人も居ないのは奇妙だと私は眉を顰める。

一番下に到着すると、エピカリスはこの暗闇の中で迷いなく私を空いた牢へ突き飛ばして、鍵をかけた。

「うふふ、それでは買い手が付くまで大人しくしていなさい。食事は持ってこさせますが――」

「ちょ、ちょっと待ってください!?　買い手ってなんですか！」

「あなたは勇者ではないですし、ここに残られると他の二人の士気に関わります。だから殺しはしませんが、他国へ売り飛ばすのですよ。戦争中に勇者様が死んでしまうかもしれませんしねぇ」

「そ、そんな……勇者の二人は魔王を倒すために召喚したはずですよね！」

「……ああ、そうでしたわね。でもまずはエラトリアをなんとかしないと、ですわ」

そう言って目を細めたエピカリスの顔は、ぞっとするような笑みを浮かべていた。

この人……いったいなんなの？

「自分達の都合で喚んでおいて勝手なことばかり！　聞いてるんですか！」

暗闇に消えたエピカリスからの反応はなく、しばらくしてから彫像が再び動く音が聞こえてきた。

そして――

（誰か……私を、殺して……う、うう……）

――どこからかまた女性の声が聞こえてきた。

「なに……？　幽霊、だったりして……？」

その後、耳を澄《す》ましてみても静かなままで、気のせいかなと息を吐く。

それにしても、だ。

「あの人、絶対なにか企《たくら》んでいるよね……。勇者候補の二人と私やリクさんへ対する態度の違いでちょっとおかしいなと思ったけど」

そうでなくともここまでの対応を思い返し、なにもない方がおかしいかと逆に冷静になってきた。

「まずはケガを治しておこう……〈ヒールウォーター〉」

訓練中に盗み見ていた魔法を使うとすぐに痛みが引いていき、脂汗をハンカチで拭き取った。

「とりあえずリクさんに連絡を……――」

身体検査をされなかったのはラッキーだったと思い、連絡を取ろうとしたところで、

「ま、また誰か入れられたのか？　あんたは誰だ……？」

どこからか男性の声が聞こえてきて飛び上がる。

「誰か居るんですか？　わ、私は城に招かれた者なのですが、いきなりエピカリス様にここへ連れてこられて……」

「姫様に……？　それじゃここは王都なのか？　なぜ姫様が女の子を牢へ……」

「ここはお城にある地下牢、みたいです。……あの、『また』とはどういうことですか？」

「ああ、ここには何人も連れてこられているんだ。俺なんてもう三か月……家がどうなっているか心配でな……妻が病気がちで息子しか居ないし……」

「三か月も……⁉」

食事は貰えているらしいけど持ってくる人が常に無言で気持ち悪い、と別の人も言っていた。

最初に話しかけてきた人の名前はトムスさんといって、ミシェルの町というところに野菜を売りに行っていたそう。だけど、そこで高値で買いたいと言われ人通りの少ないところへ連れて行かれてから記憶がなく、気づいたらここだったらしい。

「なんでそんな方達が……？」

「分からない。聞けばあちこちの町で商売をやっていた連中がここに入れられているみたいなんだ……姫様が黒幕だとしても理由が思い当たらない……」

他の商人さんもそんなことを呟く。

さっきまで静かだったのは私とエピカリスの会話を聞いていたからのようだ。

とりあえず皆さんが諦めたようにまた黙り込み、地下牢に静寂が訪れる。

人が居ることが分かって少し安心した私は、外窓の格子《こうし》でひとまず使えそうな魔法を確認する。

「〈ハイドロセクション〉」

水の刃が窓の格子を切り裂き、私は満足げに頷いてからスマホを取り出す。

「まずはリクさんに連絡ね」

牢屋からは出られるけど、牢への階段を隠していた彫像を壊すことは難しいかもしれない。

だけどリクさんにそれを伝えられれば彫像を壊して脱出し、夏那ちゃん達を連れて逃げ出せる。

逆転のチャンスがやってきたかもしれない――

第十一章　全ての決着をつけるために

「……」

俺は水樹ちゃんから一部始終を聞き、ハリヤーの首を撫でながら状況を整理していた。

正直、俺にとっては渡りに船な話で、まさかテッドの親父さんが城の地下に居るとは思わなかった。おそらく商人を隔離することで食料難の偽装を行った、というところだろう。

で、風太達を無理やり出兵させたがるのは、開戦タイミングがエピカリスも予想外だったのかもしれない。俺がエラトリア王国に行かなければまだゼーンズ王は交渉を続けていただろうから、この国は徐々に蝕《むしば》まれていたはず。

時間が経てばロカリスは食事に困り、エラトリアは魔族の襲撃で疲弊。

「……で、ロカリス兵は餓《う》えた民のために血を流す、か。シナリオとしては二流ってところだが、魔族が関わっているなら、人間同士を争わせるケースはあるし不思議でもないか」

さらに時間が経てば、風太と夏那も十分な戦力となって地盤が完全に固まり、勝ち筋ってやつが見えてくる。

しかしエラトリアが徹底抗戦を宣言し、中途半端な状態で開戦せざるを得なくなったからシナリオは三流にまで落ちた。

俺ならエラトリアをもっと疲弊させてから確実に勝てるところまで持っていく。

さて、ここで俺にとって好都合なことがいくつか出てきた。

一つは城に騎士団長が居ないので戦闘の負担がかなり減る。俺の知らない奴がいるかもしれねえが、倒せないということはないはず。

次に水樹ちゃんが単独で監視なしのまま地下牢に入っていること。

人質としての機能を失っているため、先に彼女を回収すれば残りの不安材料は風太と夏那だけ。

あいつらも強くなっているだろうし、エピカリスには隙が見え隠れしているのでそこを突けば事態の収束はすぐだと思う。

「くかー……」

こいつ《フレーヤ》なら盾になってくれた際、夏那と水樹ちゃんが安心できるだろう。それにしても緊張感のない顔だ。

「……お遊びはこれまでだ、役に立ってもらうぜフレーヤ？」

ハリヤーも目を開けないので心底疲れているのだろう。飼い主である親父さんも見つかったし、もうちょっと頑張ってくれ。

……後は『私を殺して』という言葉。

俺にも聞こえた『助けて』と同じか？　だとしたら遠慮は必要なさそうだぜ――

◆◇◆

――Side：プラヴァス――


「クソ、異世界人が……！」

「落ち着けレゾナント。回復魔法を受けたとはいえもう少し安静にしておけ」

「そういうわけにいくかプラヴァス！　早く戻るぞ、姫様がどうなるか分かったもんじゃない。それに勇者二人を連れ出されたら面倒だ。それにカナはオレが貰えると約束もしている」

レゾナントが自身の髪と同じような赤い顔をして宿のベッドを殴りつける。

私達ロカリスの騎士団はリクに翻弄され、レゾナントとその部下がケガを負ったので一部の騎士と兵士はミシェルの町に入り手当てを受けていた。

残りは町の外でキャンプを作って待機。

リクがタダ者ではないと感じていたが、まさかレゾナントを簡単にあしらうとは思わなかった。

そして彼の言っていたことは私に疑問を抱かせた。

……いや、気づいたというべきか。

命令で動くのは騎士の務めだが、『命令だけを聞く人形』ではないのはリクが語った通りだ。

その言葉で私は『なぜ何も疑わずに出兵したのか？』という疑問を抱くことができた。

姫の様子がおかしいと今になれば思うのだが、ここまでなにも思わなかったことに正直、恐怖している。

リクが通りかからなかったらこのまま戦いを始めていたわけだからな……。

レゾナントは怒りから気にしていないようだが、私達の現状は明らかにおかしいと言わざるを得ない。

我ら騎士団長は全部で三人。

そのすべてが出払っている今、城にリクを止められる者は居ないだろう。

私はもう一人の騎士団長であるドライツへ尋ねる。

「ドライツ、お前はどう思う？　このまま進軍すべきか、城へ戻るべきか」

「……姫様の言うことを守る方が先決ではないか？　俺はこのまま進軍すべきだと思う」

「ではリクが姫様に危害を加えるとしたら……？」

私の問いにドライツは急に頭を抱えて、険しい顔でたどたどしい言葉を口にする。

「そ、れは……う、うう……進軍、すべき……だ」

「……」

やはりおかしい。

ドライツは忠誠心が厚く、おそらく私に負けないくらいエピカリス様を守る思いは強いはず。

……よし。

「レゾナント、ドライツ。私の隊はお前達に預ける。このまま町で待機してくれ」

「お前はどうするんだ？」

「私が一人で城へ戻る。この中で一番足の速い馬は私のブライアンだろうしな」

「チッ、ならオレも……」

「いや、ロカリスが攻めてきていた場合、団長が二名不在での戦いは厳しい。騎士達のためにも残ってくれ」

邪魔をされても困るとは口にせず、レゾナントを説得すると渋々了承してくれた。

私はすぐにヘルムを装備し、盾を背負うと陽が落ち始めた町を後にした。

「……エピカリス、無事でいてくれよ。ブライアン、力の限り飛ばしてくれ！」

そういえば騎士や兵士達もこの戦争に対して異を唱える者は居らず、随分聞き分けがよかったような――

「嫌な予感が、する……！」

消えた魔物、エラトリア王国に現れる魔族……真相を知るために私は城へと急いだ。

◆　◇　◆

「――というわけだ。いいな」

「……はい！」

少し時間はかかったが、俺とフレーヤは無事に王都入りを果たす。

もちろん俺は出て行く時に顔を知られているが、別に悪いことはしてねえから疑われることもない。むしろフレーヤを見て『上手くやりましたねえ』なんて下世話な話があったくらいだ。

そして今は昼を少し過ぎたところ。

宿で夜を待つ……その前に俺はある家の前へとやってきた。

「おーい、テッド居るか」

「はーい。あ！　リクさんだ！　久しぶりだね！」

「おう、戻ってきたぞ」

「こんにちは！」

俺とフレーヤが挨拶をすると、笑顔でテッドがお辞儀をする。

「今日はどうしたの？　彼女さんを連れて」

「こいつはそういうんじゃねえ。ハリヤーを返しに来たんだよ」

「え？　要らなくなっちゃったの……？」

悲しそうな顔をするテッドの頭を撫でながら外へ連れ出し、ハリヤーの前へ。

項垂れて座り込んでいる愛馬に駆け寄り、俺に振り返って尋ねてくる。

「ず、随分疲れているよ!?　ハリヤーがここまでぐったりしているのは初めて見るかも……」

「ちょっと無理をさせすぎてな。しばらく休ませたら戻ると思うが、もうハリヤーで旅に出なくてよくなったからお前に返すよ」

「いいの？」

「おう、ここがこいつの家だからな。こいつで美味しい物を食わせてやってくれ」

「え、ま、また⁉」

俺はテッドに金貨を十枚握らせてやる。

若い頃にはもっと走れただろうが、老いたこいつ《ハリヤー》に負荷をかけすぎてしまったのでもう休ませてやるべきだろう。

「助かったぜ、ハリヤー。テッド、親父さんの手がかりが見つかった。もう少しだけ待ってろ」

「え？」

「あ、リ、リクさん……」

「ん」

寝そべっていたハリヤーが立ち上がって俺とフレーヤに顔を擦り付けてくる。足が震えていて今にも倒れそうだ。無理すんなと首を二回、軽く叩いてやると満足したのか、じっと俺達を見ていた。

「また来てね、僕もハリヤーも待ってるから！」

「おう、またな！」

「ばいばい、ハリヤー」

一人と一頭に背を向けて歩き出す。

この先、自分では足手まといになると分かっているのだろう、ハリヤーは鳴きもせずじっと立って見送ってくれた。下手な人間よりよっぽど信用できるぜ、なあ？

「……それじゃ宿に行くぞ」

「はい」

『急ぎましょう、決戦は夜よ』

リーチェが俺の懐から顔を出して神妙な顔で呟き、俺とフレーヤは小さく頷く。

チェックイン後、俺達は夜へ向けた準備を進める。そこでフレーヤに水樹ちゃんの状況と、これからの作戦を伝えた。

「食事はなしだ。緊張で吐く可能性があるから水だけ飲め」

「分かりました。大丈夫ですかね……」

「多分な。どっちにしてもまずは水樹ちゃんを助けてからだが」

『ミズキはお姫様にやっかまれているみたいだしね』

エピカリスにとって水樹ちゃん以外は勇者に対する人質にならない。そもそもこの戦争が自作自演だった場合、証拠となり得る存在を全員始末ということも考えられる。

故にフレーヤや捕まっている商人達も非常に危険だ。

「でも、証拠隠滅をするなら町の人も女の子も殺した方がいいと思うんですけど、生かしておく理由ってなにかあるんですかね？」

「……」

ある。

が、それはまだ確実じゃねえ。どちらにしても鍵はエピカリスが持っているから、おのずとそれは分かるだろう。

「おっと、やり残したことがあったな」

「あ、外へ行くんですか？　わたし、装備しちゃいましたけど」

「ああ、いい一人で行く。リーチェと待っていてくれ、すぐ戻る――」

第十二章　悪夢の終わり

――深夜。

とある用事を終えた俺は、人通りはすでになく、街灯すらない道をフレーヤと共に息を殺して進む。

ハリヤーも返し、水樹ちゃんの場所は分かっている。風太達は軟禁状態だが、出発させられるまでそう時間は残されていないはずなので早ければ早い方がいい。

正門近くに身を潜めていると、闇夜に紛れて飛んでいたリーチェが戻ってくる。

『門番は二人、変わらずね』

「戦闘員をほとんど出しているにもかかわらずそのレベルの警戒か。いよいよ怪しいもんだぜ」

「強行します？」

「悪いことをしているわけじゃないし、緊迫した状況でもなさそうだから正面から行く。リーチェに頼んだのは周囲の調査ってやつだ。お前も騎士なら状況の分析はきちんと視野に入れた方がいい」

「う、なるほど……」

門番以外に周回する兵士が数人徘徊しているらしいが、いざ戦闘になってもフレーヤなら問題なさそうだ。

「訓練のこと思い出せよ」

「……はい！」

頬をぴしゃりと叩いた彼女はヘルムのバイザーを下ろして拳を握る。

俺達は小さく頷いてから門へと向かう。

「止まれ。こんな時間に城へなんの用だ？」

「よう、夜分遅くにすまねえ。ヨーム大臣に用があって帰ってきたんだが……俺のこと覚えてる？」

「……お前……異世界人、か？　おお、生きていたんだな」

「まあ、いい感じの装備を貰ってたんでね。こいつがあれば入れると聞いているんだが？」

俺は通行証を取り出して見せると、門番は目を細めて確認し小声で俺に言う。

「お前とあの眼鏡をかけた子は勇者じゃねえんだろ？　あんまり待遇もよくないし、なんで戻ってきたんだ？」

「ちょっとエラトリアに行って情報を掴んできたからヨーム大臣に話を。そうしたら水樹ちゃんの待遇はよくなるかなーって」

「あの女の子の待遇か。しかし……」

そう言って門番が顎に手を当てたところで、もう一人がそいつの肩に手を置いて首を横に振る。

「まあいいではないか。で、そちらは？」

「旅の冒険者で、まあパーティメンバーってところだな」

「……確認してくる、そこで待て」

「あいよー」

俺はひらひらと手を振り門番を見送る。ま、簡単には入れてくれねえよな。

エラトリアに行って帰ってきたことを聞いて、スパイの可能性を考えているのだろう。

ま、疑われるためにあえて話したわけだが。

さて――

「……しかし、戦争中だってのに城の守りが薄くないか？」

「逆だろ？　向こうから攻めてくるなら、こっちも対抗しないとってことで出ているんだ。こっちには勇者殿も居るし、なんとでもなるだろう」

「魔族が攻めてきたらどうすんだよ、向こうは攻撃されてたぜ」

「そういや……最近攻めてこな――」

「〈睡眠誘発《ヒプノシス》〉」

不意に放った俺の魔法で門番が糸の切れた人形のように崩れ落ち、それを支えて門のすぐそばに座らせる。

この魔法は警戒をしていない相手に、正面からでしか効かないので、一人になったのは助かる。

こんな魔法を隠れてホイホイ使えたら女を襲い放題、強盗し放題というモラルの問題で条件が厳しく、向こうの世界じゃ習得には相応の試験と資格が必要だった。

「ぐっすりですねえ……」

「お前もこうならねえよう、男には気をつけろよ」

「そ、そうですね。リクさんなら別に……」

「なんか言ったか？」

「なんでもありません！　それじゃお庭へ行きましゅよ！」

水樹ちゃんから得た情報を手がかりに庭の隅に行くと、確かに彫像があった。

デザインは女性に天使の羽が生えているというよくある彫刻のような物だが、確かにここだけにあるのは不自然だ。

「くっ……」

フレーヤが押してもまったく動かず、とりあえず時間もないのでぶっ壊すかと思った瞬間――

【シャァァァ……！】

「え⁉」

「ふん、グレーが黒くなってきたぜ」

――彫像が魔族に変化して襲いかかってきた。

だが、嫌な予感がしていた俺はすでに剣を振り抜いていて、魔族が言葉を発した時点でそいつの首はもう飛んでいたりする。

「は、速すぎますよ……」

「きちんと剣を抜いてガードしていたのは褒めてやるよ。……階段だ、行くぞ」

「見張りは？」

『わたしがやるから大丈夫よ』

リーチェを置いて俺とフレーヤは階段を駆け下りる。

暗いので〈陽光《ライティング》〉をかけて足元を照らして進むと、すぐに牢が並ぶ通路へ差しかかる。

「水樹ちゃん、居るか！」

「……！　リクさん！　こっちです！」

「オッケー、無事だな」

少し奥に進むと水樹ちゃんが格子を握った状態で立っているのが見え、俺は安堵《あんど》する。

俺がここに居ない間、エピカリスやヨームが学生組になにをしでかすか分からなかったし、間に合ってよかったと思う。

「水樹ちゃん、出られるか？」

「は、はい！　〈ハイドロセクション〉！」

水樹ちゃんの魔法で鉄格子が切り裂かれると、彼女は俺に駆け寄ってくる。

「よかった……これで風太君と夏那ちゃんも助けに行けますね！」

「ああ、そんじゃさっさと町の人も助けるとしようか。手伝ってくれ」

「はい！」

「皆さん起きてください！　ここから出ますよ!!」

フレーヤの声で地下牢がざわざわと喧騒に包まれる。

反撃はこれからだ、俺はそんなことを考えながら風太に連絡を取る。

◆◇◆

――Side：風太――


水樹がエピカリスに連れ去られてから数日、僕は夏那と共に部屋での待機を余儀《よぎ》なくされていた。

水樹は大丈夫だろうか……そんな僕の不安が通じたのか、スマホにリクさんから着信があった。

「もしもし、リクさんですか！　今どこに？」

「ロカリス城の庭だ。水樹ちゃんを救出した。次はお前達のところへ行くから準備しとけ」

「水樹は？　大丈夫なの？」

「ああ、ピンピンしてるぜ、さすがは俺の弟子だ」

「ふふ、きっと来てくれるって信じてました」

リクさんの横で水樹が笑っている声が聞こえてきたので、間違いないようだ。

さらに後ろでは他にも投獄《とうごく》されていた人達の喧騒と足音が響いていた。

「それじゃ僕達も部屋から出ます、庭でいいですか？」

「いや、正門だ。場所は分かるか？」

「大丈夫です、訓練している時に女騎士やメイドさんから城内についての情報は集めていたから」

「オッケーだ。おそらく十分かそこらで合流できるはずだ、誰に会っても振りきって走れ」

リクさんがそう言って通話を切り、僕と夏那は顔を見合わせて小さく頷く。

脱出準備といっても制服などはリクさんが持っているし、特に持ち出す物はない。

一応、練習用の木剣と槍を手にして、扉をそっと開けてから通路を覗き込む。

「どう？」

「静かなものだよ、戦争で出払っているのが今はありがたい」

「それじゃ行きましょ」

時刻は二時……メイドも執事さんも寝入っている時間なので、後は巡回している騎士さんに気をつけるだけ……。

「ま、出会ってもトイレって言っとけばいいわよ」

「はは、そうだね。僕達が逃げ出そうとしているなんて考えないか」

小声で話しながら足を忍ばせて中央の建物へ無事に移動。

中央の階段を下り、訓練場とは別の方向へ走っていくと入り口が見えてきた。

寒々しいホールは静かだと思っていたが、出口に近づくにつれて騒がしい気配に気づいた。

「なんか騒がしいわね？」

「……リクさんが助けた人達かな？　まあいい、とりあえず外へ――」

「待て、どこへ行くつもりだ、勇者達よ」

「……ヨーム、さん」

ホールの半分ほどまで走ったところで、階段の上から大臣のヨームさんに声をかけられた――

◆◇◆

「結構な人数が居ましたね……」

「あちこちの町から商人を攫《さら》っていたんだろうな。しかしガバガバな計画だぜ。人が誘拐されれば、そこからギルドに捜索《そうさく》願いが増え、城に抗議がいくだろう。きちんと調査をしろってな。この人数が三か月も行方不明になってりゃ、そろそろ限界だったかもしれねえ」

テッドみたいにいつか帰ってくると信じている子供ならともかく、伴侶《はんりょ》やいい大人なら捜索を依頼するに決まっている。そうなれば嫌でも対策と対応をせざるを得ない。

それに城で捕らえているのがバレた場合、失われる信頼はどれほどになるか計り知れないのにもかかわらず、こんな手の込んだ真似をしていた。

……ま、なんでかってのは薄々気づいたがな。

「あ、あれ？　なんか門が騒がしくないですか？」

そこで先導していたフレーヤが、先ほど門番を眠らせた付近を見て焦ったように口を開く。

「……俺の計画が上手くいったみてぇだな」

「計画、ですか？　そういえばこの鎧の人は？　声を聞いたことがあるような？」

「その話は後だ、水樹ちゃん。商人さん達、今からギルドの人間が保護してくれる。もう大丈夫……のはずだ」

「『はず』ですか……？」

テッドの親父さんであるトムスが眉を顰めて尋ねてくるが、俺は無言で前を走る。ここからは『巻き込む形』になるだろうが、それについては話していないからな。危険なことだがこれは必要なことで、できるだけ『証人』を作っておきたい。

そうしていると、眠っている門番の頬を引っぱたいているギルドマスターのダグラスが目に入った。

「ようダグラス、遅かったな！」

宿を一度抜けた時にギルドへ赴き『エラトリアからの刺客が城に居る』と言ってダグラスを誘導していたのだ。

「おお、リクか！　エラトリアからの刺客って奴は見つかったか？」

「いやあ……悪い、実はそんなの居ないんだわ」

「な、んだと……？」

俺が笑って手を振ると目を丸くして驚き、門番を取り落とすダグラス。その近くには多くの冒険者が。

そこで俺は真面目な顔で親指を後ろに向けて口を開く。

「お前達にここへ来てもらったのはこいつらの護衛だ。見覚えがある奴もいるんじゃないか？」

「こいつら……？　あ!?　お、お前達！」

「ダグラスさん!?」

テッドの親父さんはこの町の出身だからダグラスのことが分かっているようで、お互い驚いていた。

「な、なんでここに……？」

「ミシェルの町で儲け話があると声をかけられた後、気づいたらここに……」

「なんと!?　だ、誰がそんなことを……」

ダグラスがトムスと話している中、城の入り口から怒声が聞こえてくる。

「ここから出て行くのよ！」

ありゃ夏那か？　風太達は『無事』に見つかったみてえだな。

「真相が判明するのはもう少し後だ。ダグラス、俺達についてこい。商人達は最後尾。冒険者達はこいつらをしっかり守れよ」

「……ええい、なにがどうなっているんだ！　……くそ、お前ら行くぞ！」

背後でぶつぶつ言っていたダグラスも覚悟を決めてくれたようだ。

これで計画は最終段階。エピカリス、勝負といこうじゃねえか？

「夏那ちゃんの怒鳴り声……なにがあったんだろ……」

「気にすんな、答えはすぐ分かる」

水樹ちゃんに俺が答えている横で、リーチェがフレーヤを激励する。

『フレーヤ、油断しないでね』

「は、はい！　というか商人さんは逃がした方がいいんじゃ？」

「いや、これでいいんだ。……行くぞ」


俺が先頭に立ち、ホールへ入ると夏那の声が静かな城内に響き渡っていた。

「水樹をどこかに連れ去って脅迫している人間達がよく言うわね！」

「僕達は戦争に参加しません。魔王は……どうするか分かりませんが、今は人間同士の争いを嬉々《きき》として行うエピカリス様を信用できませんから」

「……ではもう一人の異世界人の身柄《みがら》は保証できないが、見捨てるということでいいのかね？」

相手は……ヨームだな。

「娘の命が惜しくないとは、異世界人は薄情なものだな」

「なんですって！」

「よう、夏那ちゃん夜中だってのに元気だねえ」

「え？」

言い争っている中、俺は軽口を叩きながら〈陽光《ライティング》〉を天井付近に投げて固定する。

急に明るくなったので俺以外の全員が怯み、その間に風太と夏那に近づいて二人を庇《かば》うように立つ。

「お前は……」

「あんまり出てこねえから入らせてもらったぜ、ヨーム大臣？」

「不法侵入、というやつで捕らえられるとは思わんのか」

「通行証をくれたのはあんただろ？　それに夏那ちゃんの怒鳴り声が外まで聞こえたからな」

「聞こえてたの!?」

夏那が顔を赤くして叫ぶが、俺は目配せだけして再びヨームに目を向ける。そこで後に続くように声が聞こえてきた。

『そうよ。もちろんミズキも居るわ』

「リーチェ！」

「人質はもう居ませんよ、私達はここから出て行きます」

「水樹……良かった」

リーチェに続いて、水樹ちゃんが声を上げ、夏那は安堵した様子を見せた。

異世界人が久しぶりに勢ぞろいとなり、ヨームは眉をぴくりと動かす。この状況は予測していなかったって顔だな。

特に水樹ちゃんを見る目は『まさか』というところか。平静を装っているが、目の色を見りゃ分かんだぜ？

「なぜ、貴様が勇者達と一緒に居るのだ？　お前はお守りが嫌だから出て行くと言ったのではないか。そちらの女も姫様に連れて行かれていたはず……」

「疑問ばっかりだな？　こいつらのピンチに駆けつけた。それでいいじゃねえか」

「それをどう察知したのかと聞いている」

「言う必要があるか？　聞きたいことがあるのはこっちもだ。ダグラス、商人達とこっちへ来ていいぜ」

俺が指を鳴らすとダグラスを筆頭《ひっとう》に商人達がホールへ集合する。

ヨームの顔に驚愕の表情が刻まれ、俺は口元に笑みを浮かべる。

「水樹ちゃんを救出した時に商人達が牢屋に居たんだがどういうこった？　あちこちから引っこ抜いてきたみたいだが、目的はなんだ？」

「ギルドマスターとして私にも教えていただきたい。やましいことがなければ話せるはずですが？」

俺への援護射撃《えんごしゃげき》となる言葉をダグラスが口にする。

さて、なんと答えるかね？

「……う、むう……」

「だんまりはよくねえぜ？　無実の国民を牢屋に入れたのにはそれなりの理由があるんだろうな？」

商人達が『そうだそうだ』と騒ぎ始めて場が騒然となる。

ヨームは真相を知っていそうだが、俺はこいつが答えられるとは思っていない。だから、商人達を焚きつけるための言葉を発した。

ここへ商人達を連れてきた理由は単純な話で、状況証拠を突きつけるため。だからこそ一芝居打ってダグラス達をここに呼んだ。

例えば町に到着した時点でダグラスに本当のこと——ロカリスが戦争を吹っ掛けている——を話した場合、異世界人である俺の言葉は信用が薄いため城へ確認を取るだろう。そうなると真相を知っている俺に疑いがかかる。

故に、刺客が居るという話を流したってわけだ。

これなら『何者かにエピカリスが狙われている』ということのみ伝わるので、ダグラスがヨームへ報告したとしても、情報の精査はすぐにできないだろうから、俺の行動に影響は出なかった。

実際、報告しても騎士達が居ないのだから、刺客の迎撃にエピカリスがダグラス達を使うことも考慮していた。俺が言っていたということを暴露されても『異世界人がなにかを企んでいる』ということを悟らせずに、ここで全員が集まるという状況はほぼ間違いなく作ることが可能だったし、現にできた。

だからギルドマスターのダグラスを誘致《ゆうち》して証人に仕立てることを考えたってわけだ。

どちらにせよこの短時間で水樹ちゃんと商人を移送《いそう》するのは無理だしな。

そしてエピカリスの正体がアレならばなにかしらの魔法、例えば喋ると口を封じられるようなこともしてくるだろう。

なので俺はヨームではなく黒幕に直接聞く方が早いだろうな、と口を開く——

「商人を誘拐して戦争を促進させ、勇者を戦地に向かわせる……どういう計画なのか教えてほしいもんだねえ、どうなんだ？　……なあ、姫さんよ」

「「「え!?」」」

俺がヨームの背後に目を移すと風太達三人が驚く。

そこにはさも面白いといった顔をするエピカリスが立っていた。

「こんな夜分に騒々しいですわね？　なにごとです、ヨーム」

「ひ、姫様……これは……」

「おいでなすったか」

エピカリスの質問にヨームがなにかを口にしようとするが、目を泳がせて滝のような汗を流す。

それより気になるのは寝巻《ねまき》ではなくドレスを着ているエピカリスだろう。

事態を把握していての登場と考えるのがよさそうだな。

「騒々しいのは悪かったな。だけど俺の質問に答えちゃくれねえもんかね？　エピカリスさんよ。あんたがどうしても戦争をしたいのは分かったが、この計画自体ほとんど姫さんの自作自演だろ」

「……計画、ですか？　戦争についてはエラトリア王国が要求を呑まなかったからですし、そのために勇者を召喚させていただきました。なにか問題でも？」

「大ありだ。俺はこの一か月あまりをエラトリア王国で過ごしていた。そこでお前が送った要求自体が無茶なものだったことは知っているんだよ」

「なるほど。ダグラスさん、その男を捕らえてくださらないかしら？　エラトリアと通じている賊ですわ」

エピカリスが口元に笑みを浮かべながら俺を指差すが、ダグラスは逆に質問を返す。

「リクのことは私も分からないのでなんとも言えませんが……エピカリス様、この者達は城の地下牢に捕らえられていたと証言をしております。このことについての説明をお伺いしたい。誤魔化しや嘘は効きませんよ。ここに当人達が居るのですから」

ホールの入り口に広がり、無言でエピカリスを糾弾《きゅうだん》している商人達の顔は怒り半分、困惑半分といったところだ。

「姫様……」

「……」

「どうした、自分のやったことだろう？　水樹ちゃんを同じ牢に入れたのは失敗だったな」

無言で周囲を見渡すエピカリスはなにを考えているのやら。

どちらにしてもすでに言い逃れできない状況を作っているから答えようもないんだろうけどな。

しばらくの沈黙の後、エピカリスは語り出す。

「この国のことを想えば、多少の犠牲を払うことになってもこれくらいはよいと思いませんか？　エラトリア王国を落とすことができれば領土が広がり、農地も家畜も殖《ふ》やせるでしょう？　戦力はほぼ互角となれば先手を打つ必要がありました」

「なら食料不足というのは……」

「嘘、というわけでもありませんよ？　促進するため隠しただけです。戦争が終われば解放するつもりでしたが、まさか役立たずの異世界人が頭を回すとは思いませんでしたよ」

自国民のために正しいことをしていると言い放つエピカリスに、ヨーム以外の全員が顔を顰めて黙り込む。そりゃあまともな人間ならそうなるだろう。

そこでフレーヤが抗議の声を上げた。

「エラトリア王国の領地を取っても食料問題は解決するわけではありませんよ！　どうするつもりなのですか！」

そう、国土が増えりゃ人間も増える。統治者が代わったところで食料問題は解決しねえとすぐに気づくはずだ。

すると、エピカリスは微笑みから愉悦《ゆえつ》へと表情を変え……目も口も半月状に歪めて、ニタリとした顔で頬に手を当てた。

「当然……増えた人間は皆殺しですわ……うふふ……奴隷でもいいかもしれませんわねえ、女は慰み者で、男は首を刎《は》ねる練習台なんていかがですか？　役に立って死ねるのはとても光栄なことだと思いますわ」

「ひ、酷い……！　それでも一国の姫ですかっ！」

フレーヤが声を荒らげている中、背後から風太が俺に話しかけてくる。

「リクさんはなにか掴んだからこの状況を作った、と思っていいですか？　僕達異世界人に、囚《とら》われた人……それに、第三者の方も居るみたいですし」

「ご名答。俺のことが分かってきたな、風太。さて、エピカリス」

「なんでしょうか？　役立たずの異世界人様」

気持ちの悪い笑みを絶やさずに俺の言葉に反応するエピカリス。

俺はフレーヤのヘルムを取り去り、奴の前へ突き出してやった。

「ほれ、暑苦しいだろ」

「ひゃあ!? な、なにするんですかリクさん!?」

「よう、こいつに見覚えはねえか?」

「貴様は……エラトリアの騎士……!?」

「へえ、なんでこいつがあっちの騎士だって分かるんだ?」

フレーヤを見た瞬間、エピカリスの顔が驚愕《きょうがく》と怒りが入り混じった表情になり、咄嗟に自身の左手を掴む。

そして思わず失言したといったその様子に、俺は確信を得て口を開いた。

「動揺が見られるぜ、エピカリス。……いや、魔闇妃アキラスだったか? いやいや、よくもまあこんな面倒なことをしてくれる」

「そ、その名をなぜ異世界人の貴様が……!?」

「それってエラトリアを攻撃してくる魔族じゃないですか……!」

「ま、そういうこった」

アキラスとフレーヤが同時に声を上げ、俺は鼻を鳴らす。

やはり尻尾を出させるなら、あの時抵抗をしたフレーヤの顔を見せるのが手っ取り早かったか。

左手を押さえたのはフレーヤにやられ、俺に散々ぶっ叩かれたのを思い出したからだろうな。

「リク、どういうこと?」

「種明かし……というほどそんなに難しくねえんだ、夏那ちゃん。聞いての通り、エピカリスは魔族だったってことだな」

「それじゃ、あれは偽物のお姫様ってわけ……？」

「さて、そこは聞いてみないとだ。どうなんだアキラス？　憑依《ひょうい》か、変化かどっちだ？」

【……貴様、何者だ？　異世界人のくせになぜ魔族に対して知識がある……】

声色が変わっていき、苛立ちがハッキリと分かる。

ホール全体の空気が悪意に満ち、その場に居る全員が冷や汗を流す。気配は禍々《まがまが》しいが姿は変わらず、か。憑依型の魔族ってところだな。

「俺のことは教えてやれねえが、てめぇは丸裸にしてやるぜ」

【舐めた口を。……いつから気づいていた？】

「てめぇが魔族じゃないかと思ったのは、ロカリス国には魔物が居ないと分かったあたりからだな。最初はこういうものかと思ったが、エラトリアに行った瞬間、魔物に襲われまくったからな」

「そう……いえば、この国に入って魔物と戦っていませんね……」

フレーヤがここまでの旅程を思い返して言った。

「次に交渉事。内容があまりにも無茶すぎだ。ああ、こいつは戦争をしたがっているって思った。だが、戦争となれば双方に犠牲が出る。勝てる算段がなければやらないだろ？　それとエラトリアに魔族が襲来したのも理由の一つだ」

「た、戦ったの!?」

仰天する夏那の声に頷く。

「ああ。こいつと国王を助けるために出しゃばった形だがな」

【貴様が……あの覆面だったというのか⁉　しかし魔法と剣技は異世界人とは思えないものだった。……本当に異世界人なのか……？】

「ま、残念ながらな？　んで、ロカリス国はあまりにも平和すぎた。しかし俺は刺客に命を狙われたし、しかも商人達が国からひそかに消えていた。そこで思ったのさ、こりゃロカリスになにかあるなってな」

それから俺は、風太達の身に危険が及ぶと考えられたので急いで戻ったことと、水樹ちゃんが捕まった時に商人達が一緒に居たのは僥倖だったこと、ついでにダグラスを証人に仕立て上げる計画を話した。

【なるほど、頭は回るようだねえ】

女魔族は面白くなさそうな顔でダグラス達を一瞥《いちべつ》した後、また俺に顔を向ける。

「それが俺の務めだからなあ。さて、てめぇの真の目的はなんだ？　勇者を召喚すれば魔王に不利になるのは明白なのに、なぜ喚んだ？」

商人を生かしていた理由はだいたい分かるんだが、勇者召喚をしたのはさっぱり分からない。召喚した時点ですでにアキラスが姫に成り代わっていたのだから、こいつが召喚したのは間違いない。

【くく……商人達は生贄《いけにえ》よ？　そのうち魔王様の下へ送って血と肉を味わってもらうつもりだったの。勇者達は確かに厄介な存在だけど、召喚したばかりならひよっこ同然。少し鍛えて懐柔した後に洗脳《せんのう》して、魔王様の尖兵《せんぺい》にすることができるでしょう？　あなた達の世界は戦いが盛んではない

わね？　だから戦争で罪悪感でも持たせれば洗脳が難しくないと考えた、というわけ】

「洗脳ですって⁉」

夏那が後ずさりしながら変な声を上げ、水樹ちゃんと風太もメンタルが削られた顔をしている。

魔族の尖兵になるってことは、人間を相手に殺し合いをさせられる羽目になるんだから仕方ねぇだろうな。

「……どっちにしても殺戮《さつりく》兵器としての意味合いは変わらねえが、な」

「え？　リクさん、今なんと？」

『……』

フレーヤが聞き返してくるが、小声で本音が漏れただけなので聞き取られなくてよかったと思おう。

「まあ、その野望はもう潰《つい》えたと思ってもらっていいとして……」

【この私によくそんな口を利く。それにまだ終わってなど――】

「いいや、駒《こま》が俺の手にある……この状況になった時点で俺の勝ちなんだよ。ダグラス、商人達を外に逃がせ」

「わ、分かった‼」

ダグラスに指示をした後、俺はリーチェを伴い一歩ずつ歩き出す。

こいつが魔族ならもはや容赦《ようしゃ》する必要はねえ、叩き斬るのみだ。

【……ならば諸共《もろとも》消し飛ぶがいい‼　〈ゲヘナフレア〉！】

「げっ⁉　あたしの魔法の何倍あるのよ……⁉　本気でここに居る人達を消す気⁉」

直径にして約一メートルはある炎の塊を見て夏那が叫ぶ。

「心配すんなって夏那ちゃん。頼むぜ、リーチェ」

『はいはい』

リーチェによる〈魔妖精の盾《シルフィーガード》〉が展開され、奴の炎はむなしく散っていく。

俺が創った人工精霊は四つの力、すなわち火・水・土・風の四大元素を基《もと》としている。

故に、各属性の攻撃に対してならよほど格上でない限り相殺することができるというわけだ。

かつて血反吐《ちへど》を吐きながら創ったリーチェ《こいつ》は大いに役に立っている。

【あの時の知らない魔法……⁉】

「さて、それじゃ死んでもらおうか」

【ぐ……だがまだ終わりではないわ！　行きなさい！】

「な、んだ……！　お、おおおおおオオオオオ……‼」

「ヨ、ヨームさんが⁉」

「レッサーデビル……！」

フレーヤの言う通り、ヨーム自身の体が魔族のそれへと変化していく。

エピカリスが魔族であればあり得たことだが、やるせねえな。嫌な奴だが悪い人間ではなかったし、こいつなりに従っていたはずだ。

【ガァアアアアア……‼】

「う、うわあああ⁉」

「きゃあああ！」

変貌《へんぼう》したヨームがホールに飛び降りて俺に襲いかかってきた。エラトリアで交戦したのと同じタイプの魔族のようで、おそらく量産できるタイプの個体だろうな。

背後で悲鳴が聞こえるが――

【な……⁉】

「え……？」

――俺がヨームの首を刎ねたところで、一気に静まり返った。

「いやあああ！　血、首が……！」

「う……うえええ……」

「だ、大丈夫か、水樹、夏那……うっぷ……」

「フレーヤ！　三人を頼むぜ！」

「は、はい！　なるべく死体は見ないでください、ここから離れましょう」

風太達が痙攣《けいれん》する死体を見て錯乱《さくらん》状態になっている。あっちは風太とフレーヤに任せるとして、俺はエピカリスへ近づいていく。

「とりあえず死んでくれや」

『憑依か変化か知らないけど、リクを巻き込んだのが運の尽きね』

「待て。リク！」

怒りの声を上げるリーチェの後に、さらに背後から声が聞こえてくる。こいつは……。

「ああん？　……へえ、こっちに来たのかプラヴァス」

誰かが追ってくる可能性はあったが、やはりプラヴァスだったか。

赤い髪の男はそこそこ痛めつけていたし、もう一人騎士団長が居たようだがそいつは俺と顔を合わせていない。顔見知りってことでこいつが来るのが流れとしては合っているってとこだな。

「プラヴァスさん、戦争に向かったんじゃ……」

「ああ、その通りだよ、フウタ君。だが、途中でリクに出会い、レゾナントにケガをさせた。なにか企んでいると思っていたが……」

「はあ……はあ……。それどころじゃないわよ、エピカリスが魔族だったんだから」

「なんだと……？」

涙目の夏那に言われて階段の上に立つエピカリスへ視線を移すプラヴァス。見た目は変わらないので訝しんでいると、アキラスが口元を押さえて話し出す。

【ああ、プラヴァス……この者達がわたくしを傷つけようとするのです。そこの魔族を操って……】

「嘘を言わないでください！　エラトリアを襲う魔族がなにを！」

フレーヤがアキラスの言葉を遮った。

【ふふ……恋人であるわたくしの言葉を信じられないのですか？】

「う、むう……」

「プラヴァス団長、その嬢ちゃんが言う通り、俺も奴が魔族であることは見聞きした。騙されるなよ？」

プラヴァスは俺達とダグラス、それとエピカリスを見てから冷や汗を流す。

すると調子づいたのかアキラスは高笑いをしながら手を広げ、まるでオペラ歌手のような仕草で見下ろしてくる。

【くくく……あはははは！　さすがに騙すには無理があるわねえ。しかし残念だけど、この体はエピカリスの本体よ。私を殺せばこの女も死ぬ。それでもいいと言うのかしら？】

「くっ……エピカリスを返せ」

「とか言われて返す馬鹿はいねぇよ、プラヴァス。ああなったらもう助からねえもんだ。だが魔王の手下をこのままのさばらせておくのも困るだろ？」

「リク、どうするつもりだ……？」

「当然、斬る。そこに転がっているヨームのようにな」

ヨームと聞いて目を見開くプラヴァス。

それには構わず階段へ向かう俺に、プラヴァスが回り込んできて告げる。

「ほ、他になにか方法があるはずだ！　彼女を殺さずになにか――」

「ない。奴が死ぬか、俺達が死ぬか……それだけだ。どけよ、恋人ならお前が斬るのは辛いだろ、だから代わりに手を下してやる」

「リクさん、それしかないの……？」

「そうだ水樹ちゃん。魔族と戦うってのはこういうことの連続でな。ヨームの首を刎ねたが、そんなことは日常茶飯事。憑依されれば誰が敵で味方かが曖昧になるもんだ。だから発覚した時点で始末しねえと、ガチで国が亡ぶ」

『リクは慣れているわ。でも、同じことをカナ達にやらせたく――』

「うるせえぞリーチェ。……で、その剣はなんの真似だ？」

プラヴァスが俺に半身で構えて立ちはだかったので眉を顰めて尋ねると、ヤツは脂汗を噴出させて答える。

「……今は無理でもいつか、必ず戻す。それ以上進むなら私を倒してからにしてもらおう」

【うふふ。そうよね、プラヴァス騎士団長。恋人の体を取り戻したいわよねえ！】

ふん、逃げる気か？　まあ、この国を上手く使いたきゃ、暴露して姫さんを人質に立ち回るシナリオもできなくはねえしな。国の人間は奴隷か食料になるのが関の山だが、その辺はどう考えているのやら。

そんなプラヴァスに俺も剣を構えた。

「邪魔だぜ、プラヴァス」

「お前がどのくらい強いかは分からないが、この国でトップの強さを持つ私は止められないだろう」

「ならてめぇは役立たずだ。退場しな」

「来るか……!?」

プラヴァスが俺の動きを察知して前に出るが、揺らいだ心境でまともに戦えるはずもなく、剣を受けた俺はその場で回転して、左の胴へ剣を叩きつけて壁に吹き飛ばす。派手にぶっ飛んだプラヴァスは、壁にクレーターを作ってから尻もちをついて血を吐く。

「ぐは……!?　馬鹿な……一撃で……」

【まさか騎士団長が……!?　勇者でもない異世界人がそこまでの力を持っているというの!?】

そんなどうでもいい言葉は聞き飽きた。

今度こそ障害が居なくなったので俺は持っていた剣をエピカリスへ投げつけ、階段へと歩きながらプラヴァスとリーチェに声をかけた。

「いいから寝てろ。すぐに終わらせる。リーチェ、来い」

『分かったわ。……〈形態変化《チェンジ》〉』

「リーチェちゃんが……！」

フレーヤが叫んだ刹那《せつな》、リーチェはその姿を剣に変えて俺の手に収まった。

光の角度で色が変わる両刃《もろは》の刀身に、銀色のシンプルな柄《つか》――

【そ、れは――】

「やっぱこっちの奴でも分かるのか？　四属性全てを宿す俺の相棒、『埋葬儀礼《リチュアル》』。名の通り、これに斬られた相手は塵《ちり》と化すぞ」

【ふ、ふふ……ハッタリを……もし私を斬ればこの国が敵に回る、そんなことができるはず――】

「できるさ。その時は俺に歯向かう相手を全員殺すまで」

「リ、リク……？」

夏那がかすれた声を出すが、俺は階段に足をかけた。

「そしてお前が死んでも俺にデメリットはない。この世界で俺が守り、連れて帰らなければならねえのは風太達のみ。この世界の都合はお前達で勝手にしな。魔王が帰る方法を知っているなら、聞いた後で殺すけどな」

階段をゆっくり上る俺を見てたじろぐアキラス。

そう、この世界の人間がどうなろうと正直なところ興味は、ない。敵対するなら倒すだけで、味方になるなら利用する。それだけの関係なのだ。慣れ合っちゃあならねえ――

「リクさん、まさか本当に……!?」

「殺す、の？」

震える水樹ちゃんと夏那の言葉を背に、俺はゆっくりと女魔族《アキラス》へと剣を振り上げながら近づいて行く――

【ハッタリだ、人質を殺すなどできまい……！〈ブラックソーサー〉！】

階段の上から飛んできた黒い刃の魔法を『埋葬儀礼《リチュアル》』で打ち消しさらに前進。

【魔法を斬るというの!?】

「さあ、どうかな！　シッ！」

【ぐ……!?】

俺も負けじと魔力の刃をアキラスへ飛ばし、肩を斬り裂いた。そして俺が最上段に足をかけたところでアキラスが顔を引きつらせて後ずさる。

【き、貴様……エピカリスがどうなってもいいのか⁉】

「構わねえよ。なんせ俺はお前の言う通り『役立たずの異世界人』なんだ。この世界の人間が死んで痛手になるか？　むしろ姫さんは自分を犠牲にしてでもお前を殺せればいいと考えているに違いねえぜ」

【切り捨てるというのか……貴様、それでも人間か⁉】

悲鳴に近い声を上げるアキラス。

俺はその言葉に対してニヤリと笑みを浮かべて剣を握り直す。

「ああ、人質を盾にすれば言うことを聞くと思っている、弱くて醜い人間だ。……それに、憑依中は羽が出せないんだろ？　格好の餌食《えじき》だぜ」

【くっ……異世界人のお前がどうして我らのことを詳しく知っている！　〈ダークフレア〉！】

撃ってくる魔法を切り裂きながら俺は口を開く。

「色々あってな、てめぇらみたいなのとやり合ったことは一度や二度じゃねえってこった！　……そろそろいいだろう。消えな」

【速い⁉】

身を低くしてアキラスの前へ躍《おど》り出ると、目の前で『埋葬儀礼《リチュアル》』を振りかぶる。

「こいつは過大評価なしで相手を塵へ還《かえ》す。魔族も人間も平等にな」

【う、おおおおおおお……‼】

もう反撃できる距離じゃないのでアキラスとエピカリスは塵と化すだろう。そして消え去れば後は戦争を止めてこの戦いは終わりになる。

（これでこの国は魔族の手から……）

ふと、安堵した声が聞こえた気がする。

そして剣がエピカリスの頭を捉えた瞬間にそれは起きた。

【死ぬのはエピカリスだけで十分だ！　こ、こんなところで死ぬわけにはいかないんだよ！】

「体からなにか出てきた……⁉　リクさんストップ！」

風太が全力で叫ぶ中、俺の剣はエピカリスの体を真っ二つ――

「――に、するにゃ惜しい女だ、返してもらうぜ！　〈煉獄の顎《パーガトリィ》〉！」

【なんだと刃が……消えた⁉　……ぐぎゃぁぁぁ⁉】

『埋葬儀礼《リチュアル》』はリーチェという精霊を武装化した存在なので、実体としての剣はなく、魔力と各属性をバランス良く形成して刃と化している。

見た目だと赤や青の刀身を持っているように見えるが、俺の意思で刃を消すことが可能なのだ。

そしてアキラスの体がエピカリスの体から抜け出たところで、俺の放った赤黒い炎がアキラスを襲う。

「受け取れ！」

「リクさんなにを⁉　エピカリスさんが⁉」

その間に俺は襟を掴んでエピカリスを引き寄せた後、そのまま階段へ投げ捨てる。水樹ちゃんが息を呑み焦った声を上げるが、エピカリスが階段を転げ落ちることはなく――

「うおおおお！」

「プラヴァスさん⁉」

必死の形相《ぎょうそう》で駆け上がってきたプラヴァスが抱きとめてことなきを得た。

「よう、プラヴァス。姫さんを連れてとっとと消えな、後は任せてくれていいぜ？」

「す、すまない。しかし、魔族はお前の魔法で死んだんじゃ……」

「こいつは幹部クラスみてえだし、そう上手くはいかねえよ。見な」

業火《ごうか》と呼ぶにふさわしい俺の魔法で燃え上がるアキラスが、炎を吹き飛ばして姿を現した。

【くっ……まさかそんな手が……】

「魔力を刃に変えているって代物だ。出し入れ自由、便利だろ？　んで、さすがにタダじゃ済まなかったようだな？」

種明かしは簡潔にして再度魔力を込めて、先ほどよりでかい刃を形成して見せつける。

アキラスは全身から煙を燻《くす》ぶらせ、忌々《いまいま》しいといった顔で言う。

【どこまでも邪魔をするか、異世界人……】

「てめえがこっちに喚んだんだ、責任持てよ」

「す、凄いです……リクさん……どうやって見抜いたんですか……」

「ま、そいつは後でな」

こいつが魔族というのが分かっていたのを前提として、俺達がここへ踏み込んだ際にヨームをけしかけてきたことで『憑依している間は魔族としての能力は使えない、もしくは極端に弱くなる』

と考えた。

で、実際はおそらく後者。

ゲヘナフレアを連発してこなかったことと、エラトリアでは接近戦も見せていたのに今は逃げようとする素振《そぶ》りすらあったから『こいつは憑依している』と判断し、これなら引きはがすことができると思ったわけである。

演技で攻撃を受けたプラヴァスは片膝を突き、呻《うめ》きながら口を開く。

「よくこんな真似ができたな……くっ……」

「お前もよく目配せだけで気づいたもんだと感心するぜ？　手加減はしたがこいつを騙すのにはそれなりにぶっ飛ばさなきゃならなかったからな。水樹ちゃんが回復魔法を使えるから行け」

「あれで手加減、か……いったいどれだけの強さを……」

「こっちです!!」

水樹ちゃんがプラヴァスを大きな声で呼び、プラヴァスは去り際に小さく『そっちは頼む』と口にすると、俺は振り返らずに頷き、アキラスと対峙する。

これまでの小競《こぜ》り合いの中でダグラスが冒険者達と商人を逃がしてくれたようで、ホールはフレーヤ達だけになっていた。

俺が居るから残っているであろうフレーヤ達に声をかける。

「フレーヤ、風太達を連れてここから出れるか！」

「わ、分かりました！　もう勝てそうですけど？」

「最後まで油断すんなよ？　……む！」

【……商人達なぞどうでもいいが……貴様らは逃がさない……!!　来い、レッサーデビル達よ！】

チッ、騒ぎを聞きつけて広間に来ていたメイドや騎士が変貌していく。

どうやら城の人間の多くは魔族に変えられちまっているらしい。ただ、わざわざ商人達を逃がした後に出してくるのは、魔族には似つかわしくないくだらねえプライドだな。

ヨームの時もそうだがこうなっては助ける術《すべ》がねえ。もし俺の居た世界と違い、方法があったとしてもそれを調査している時間はない。……残念だがな。

「あ、ああ……!?」

「いやあああああ！」

【ゴガァアアア!!】

「なんの……！　皆さん、こっちです！」

「くっ……！」

襲い来るレッサーデビルに、フレーヤとプラヴァスが素早く応戦する。結構な人数が魔族に変えられたようで、城のあちこちからレッサーデビル達が姿を現し、中には変貌途中で泣きながら襲いかかってくる奴も居る。

胸糞《むなくそ》悪い光景の中、出口を押さえられて逃げられないと、フレーヤが夏那達を庇いながら階段下まで後退してきた。

「くっ……数が……」

フレーヤとプラヴァスが牽制するが、風太達を庇いながらは厳しいか。

【ふふ、勇者が足手まといとはいい光景だわねえ】

「ほざいてろ。さて、チェックメイトってやつだ。命乞《いのちご》いは無駄。逃がすつもりもねえ。あっちはてめぇをさっさと殺して助けに行けばいいだけの話だしな？」

【調子に乗って……！　異世界人如《ごと》きが私の全力に勝てると思うな!!　〈エグゼキューショナーズ〉!!】

「へえ！　まだ奥の手を持っていたか！」

前に突き出したアキラスの両手から巨大な炎の渦が飛び出して、俺を呑み込もうとする。

〈魔妖精の盾《シルフィーガード》〉を使いガードするが〈ゲヘナフレア〉と違い、逸れた魔法が城の壁をぶち抜いて崩れ落ちた。

まあまあの魔法だが――

「それが全力か？　なら、死ぬしかないな」

【クソ人間が……！】

どうやらこれがこいつの最高の技だったようで、言葉とは裏腹に脂汗をにじませる。

全力を出させたうえで殺す。こいつらには最大の屈辱だからな――

「さあ、おねんねの時間だぜ……！」

◆　◇　◆

「す、凄い音がしたけど……なんだろ……？　あ⁉　お城が燃えてる！」

爆発音で目を覚ましたテッドが外に出ると、丘の上にある城が燃えているところを目撃した。

自分の他にも轟音で起きたであろう野次馬がざわざわと騒いでいるなと思っていると、庭に繋いでいるハリヤーが鳴いていることに気づく。

「ど、どうしたんだいハリヤー⁉　こんなに暴れているのは初めてだよ……お腹が空いたのかな？」

テッドが庭に入ると、ハリヤーは『手綱を外してください』と言わんばかりに首を振っていた。

苦しいのかと思ってテッドが外してやると――

「ハリヤー⁉　どこ行くんだよ！　ハリヤー‼」

――テッドに顔を擦り寄せた後、ハリヤーは夜の町へと飛び出して行った。

◆　◇　◆

【死ね！】

「てめぇがな。あの時は様子見で逃がしたが、今度は確実に消す」

【ほざくな！】

アキラスが激高しながら黒い剣を顕現させて俺へ斬りかかってくる。それを大剣でいなしながら首を狙う。なんで奴の武器が塵にならねえのかって？　基本的に生物を塵にすると思ってくれていい。他にも理由はあるが――

「だぁりゃぁぁぁ！」

【なんという重い一撃……!?　これならどう！】

さて、アキラスの動きが明らかに速くなったな。本当に全力を出さないと勝てないと悟ったか。

奴は俺に叩きつけるような一撃を繰り出してくる。その間にも空いた手で魔法を使い、俺に手を出させないよう攻め立ててきた。

【フフ……本気を出した私の動きについてこれないようね】

「……」

人間の身体能力と比べるまでもなく、魔族の一撃は重く素早い。こいつのような幹部クラス相手だと、プラヴァスやニムロスあたりがタイマンで勝てるかどうかといった感じだろうな。

だが——

【レッサーデビル！】

「ふん、馬鹿の一つ覚えはつまらねえぜ」

空中から強襲してきた魔族の胴体を真っ二つにしながらアキラスへ斬撃を行う。

【守りなさい】

するとさらにレッサーデビルが盾となるため立ちはだかった。こいつらが変えられた人間か本物の魔族か判断がつかねえ。人間は人間への攻撃に甘さが出るから、それを狙って事前に人を魔族に変える様子を見せたというわけだな。

こういう手段を使われた場合、クソ真面目な奴は引っかかって隙を見せるんだよな。

プラヴァス達が『勝てるかどうか』程度で収まるのはそういうところにあるのだ。

【ギャァァァァ……】

当然、俺が斬った魔族は塵と化して霧散《むさん》した。その背後からアキラスが俺の顔面を狙って剣を突き出す。

【ひゃは……！】

「魔族らしい戦い方だが、俺には通用しねえな！」

カウンターで『埋葬儀礼《リチュアル》』を突き出すと、盾にされた魔族を貫いた後、アキラスの左肩に刃が食い込む。そしてその部分が塵と化した。根本が塵になれば、当然その先にある左腕は千切《ちぎ》れて床へ落ち灰と化す。

「言ったはずだぜ、それが全力なら死ぬしかねえってな」

【あ……が……!? おのれ、勇者でもない異世界人がなぜこんな強さを！】

焦ったアキラスはバックステップをしながら羽を広げて宙へ飛び、血すら出ない左腕があった場所を押さえながら、俺を睨みつけて天井に近づいていく。

【魔王城へ戻り報告をせねば……勇者より危険な存在を……くく……全軍でかかればこの国ごと――】

「だから言ったろう、その程度なら死ぬと」

【ほざけ、さすがに空は飛べまい？　このまま退散させてもらうとするよ】

逃げきれると確信した笑み。

しかし、だ。前回逃げられた時にこいつが飛べると知っている俺が、準備をしていないわけはない。

収納魔法からフレーヤと作ったフック付きロープを取り出して全力で投げつける。

ロープが一瞬でアキラスの太ももに絡みついてフックが突き刺さり、肉を引き裂いていく。

【ぎゃぁぁぁぁぁ!?　な、なんだと!?】

「備えは十分に、な。っと、まだ抵抗するか」

【ぐ……うおおお……！　〈イービルストリーム〉！】

「落ちろってんだ！」

【イービルストリームを斬り裂くだと!?　なんなんだ、貴様はぁぁ!!】

足の肉を削がれながらも魔法をぶっ放してくる根性はあるみてえだな。

しぶといが後は地上に叩き落として終わらせるだけと、俺は魔法を斬り裂きながらロープをぶん回す。

「うおおりゃああ！」

【つぐぅぅぅ!?】

もう少し。

そう思っていると、階下から夏那の悲鳴が響く。

「きゃあああ!?　ちょ、ちょっと血が出てるわよ！」

「う、く……か、数が多いですねえ……リクさんと同じ異世界人さんは逃げてください！　ここは食い止めますから」

「で、でもホールは囲まれていますし……」

「三人だけならなんとか逃げられませんか⁉」

「守ってくれているあんたを置いていけないわよ‼」

下を見ると、傷だらけのフレーヤが三人の盾になるように立ち、殴られたのか頭から血が出ていた。水樹ちゃんが回復魔法でフォローに入る。

背後から襲いくるレッサーデビルはプラヴァスが片手で処理をしているようだ。

フレーヤも鍛えたが、数に押されているので厳しいか。俺がこいつを早く片付けねえと。

「……ぼ、僕が！」

そんな中、床に落ちた俺の剣を風太が拾いに駆け出す。

「こ、こっちに来い！　僕は一人だぞ！」

「無茶すんな！」

予想外の事態に俺は声を張り上げる。

「リクさんはそいつを倒してください！　く、訓練はしているんだ……防御くらいなら！」

腰が引けているが無理もねえ、いきなりの実戦が魔族ってのも最悪だ。

【く、くく……助けなくていいのか？　勇者が死ぬぞ？　訓練させたがまだレッサーデビルに勝てるほどではないわ】

「……」

【あぐ⁉】

無言でロープを全力で引っ張りトドメを刺すための準備を始める。

……俺の予測が正しければ、事態はすぐに好転する。

「おおおお！　冒険者の意地を見せろ!!」

「助けに来たぞ！」

「来たか」

【な……!?】

一度後退したギルドの冒険者がホールになだれ込んでくる。

ちと遅かったがこれで確実に天秤《てんびん》はこちらへ傾いた。これで夏那達も助かるだろう。

【ぐ、ぬうう……!!　だが、私が逃げさえすれば――】

呻くアキラス。そこで階下の風太から声が上がる。

「う、うわ……!?　なんだ、馬……!?」

【グァァァァ!?】

「あ、あれってハリヤー!?」

「んだと!?」

さすがの俺もびっくりしてフレーヤの言葉に目を向けると、ハリヤーが風太を攻撃しようとしたレッサーデビルを撥《は》ね飛ばして、俺のところへ向かってくるのが見えた。

「おいおい！　お前、ゆっくりしてろって言ったろうが！」

「ぶるおおおおおん!!」

階段を駆け上がったハリヤーは俺に背を向け、文字通り吠《ほ》えた。

すぐにこいつの意図を汲《く》んだ俺はハリヤーに向かってジャンプすると、ハリヤーは両方の後ろ脚を上げる。

「ったく、賢いにもほどがあるぜ！　やれ、ハリヤー！」

直後、俺の両足はハリヤーの足に乗っかる形になり、ハリヤーが『行きます！』と言わんばかりに大きく後ろ脚を蹴った。直後、ハリヤーは階段から転げ落ち、俺は蹴り上げと同時にロープを力任せに引き寄せる。

【そんな馬鹿な⁉　〈ゲヘナフレア〉！　ぐあ⁉】

アキラスは俺に魔法を放つべく手をかざしていたが、俺がロープを引いたことで手が別の方を向いて不発に終わり、奴との距離がゼロになる――

「もらったぜ、魔闇妃アキラス」

【そ、んな……⁉　ま、魔王様……！　イ……〈イービル――〉！】

「それは間に合わねぇよ」

下からすくい上げるように剣を振り上げ、下腹部から頭にかけて斬り裂いた。

それと同時にアキラスが最後の一撃を目の前で俺に放つが、『埋葬儀礼《リチュアル》』で消し飛ばしてやった。

【あああ⁉　ち、ちくしょぉぉぉぉ異世界人如きにぃぃぃぃ！】

アキラスは断末魔《だんまつま》の叫びを上げながら塵となり、皮肉にも自分で開けた壁の穴から吹いてきた風により霧散した。

「てめぇはやりすぎた。憑依して自分の姿を欺《あざむ》いた奴が影も形も残さず消える……お似合いだぜ」

俺は散ったアキラスからすぐに意識を切り替え、下に目を向ける。

「伏せろ夏那ちゃん！」

「リク!!」

俺は手すりに着地して滑りながら、レッサーデビルが群がるホールへ身を躍らせる。

こいつらも心配だが、ハリヤーが俺を蹴った反動で階段を転がるように落ちたのが気になる。

首の骨を折って死んだ、なんてことになっていたら俺はテッドに顔向けができねえ。

「悪ぃな……俺達が生き残るために、死んでくれ」

「あ、ああ……お城の人が……」

「リクさん……」

青い顔をしてへたり込む風太達には目を向けず、冒険者達の合間をぬってひたすらにレッサーデビルの首を落としては塵に変えていく。

なぜ首か、と思うだろうが、魔族によっちゃ腕や胴体を千切ったくらいだと再生する奴もいるんだ。まあ『埋葬儀礼《リチュアル》』なら塵にできるからどこでもいいんだが、前からの癖で首を落としてしまう。

「うぷ……」

「気持ち悪いなら見るな。フレーヤ、プラヴァス、そっちの三人と姫さんは任せたぜ」

「はい！　すみませんミズキさん、ハリヤーの治療をお願いできますか!?」

「お馬さんね！　もちろん！」

「ありがとうリク。エピカリス、もう少しの辛抱《しんぼう》だ……!!」

おうおう、いいねえイケメンは。

目の前のレッサーデビルを同時に三体滅しながら口元が緩む。大事なもんならちゃんと掴んでおけってんだ。

視線を動かしながらレッサーデビル達を倒していると背後に気配を感じ、そこに剣を持った風太が居た。

「なにやってんだ、風太」

「ぼ、僕も……！」

「いいからフレーヤのところに居ろ。顔が真っ青じゃねえか」

「でも女の子だけに戦わせて……」

「この世界じゃフレーヤみたいな奴は少なくねえ。日本で暮らしていたお前達には正直厳しいし、こんなつまらねえことで手を汚すこたぁねえんだ。俺に任せろ、いいな？」

「リクさん……」

風太がしょげているが、自信やプライドうんぬんよりも命が大事だ。

道を開けて風太をハリヤーのところまで連れて行き、残りのレッサーデビル達を殲滅《せんめつ》していく。

首を、胴を……とにかく目に入り、襲いかかってきた者は、全て。

かつて人間だった者達を――

「……終わりだ」

【アリガ……ト……】

「……」

最後の一体を斬り伏せると、礼を口にして消えた。まだ意識が残っている奴も居たか。

俺はなんとも言えない気持ちで剣をリーチェに戻してから、風太達のところへ駆けつける。

「どうだ？」

「馬のケガは治療しました。だけど、骨折までは……」

「それは俺がやろう。ハリヤー、サンキューな」

〈再生の光《リバイヴ》〉をかけて立ち上がらせると、ややふらつきながらも顔を擦り寄せてきて『どういたしまして』とばかりに鼻を鳴らし、俺は苦笑する。

「お前、テッドのところで休んでたんじゃなかったのかよ」

「あ、そっぽを向きました。きっと脱走してきたんですよ」

ハリヤーが無事に立ち上がったことを喜び、涙ぐんでいたフレーヤが冗談めかして言う。が、多分ハリヤーはなにかを感じてここまで来てくれたのだろう。

結果的に戦闘時間の短縮と風太達の安全が確保できたので、いい餌を買ってやりたい。

そこへ顔色の悪い夏那が、恐る恐るハリヤーの首に手を当ててから口を開く。

「めっちゃ人に馴《な》れてるわね……馬って近くで見たことなかったけどこんなに大きいんだ。魔族に体当たりしてあたし達を助けてくれたよね、ありがと」

『ホント、いきなり乱入してきた時はびっくりしたわねー。っと、カナ達、ケガはない？』

「え、ええ……この子が守ってくれたし、水樹も回復魔法を使えたから……」

この子、と夏那は言っているがフレーヤの方が歳上だと教えてやると、彼女は何度も頭を下げて謝っていた。

「ま、まあ、この身長ですし仕方ないです……。でも、無事でなにより！　おっとっと……」

「血と疲労はすぐに回復しねえんだから無理すんな」

ふらつくフレーヤを支えてやると、剣を杖代わりにして肩を竦める。こいつにも後で礼を言わねえとな。

さて、状況を整理するかと考えていると今度はプラヴァスが話しかけてきた。

「リク、これで終わりだろうか？」

「ああ、おそらくな。アキラスが消えた今、大がかりな仕掛けはもうねえはずだ。一応、内部調査はした方がいいとは思うがな」

「そうだな……ヨームも居なくなったしこれからが……。いや、今はそれどころじゃない、私はレゾナント達をこちらへ戻しに町へ行く。待機しているはずだが……」

「姫さんはどうすんだ？」

「リクがここに残るだろう？　だから任せたい」

「いいのか？　城を乗っ取るかもしれねえぞ」

俺が笑うと、プラヴァスが真面目な顔で俺の目を見据えて口を開く。

「現状、お前ほど信用できる人間は居ない。頼めるか？」

「ったく、異世界人に信頼を寄せせんなっての。俺は戦争を止めるために動いてたわけじゃねえんだぜ？」

「結果的にそうなった。国は救われた、それじゃダメか」

「はいはい、分かったから行ってこい。姫さんにはなんもしねえよ。とりあえず、城でお前が信用できる奴を一人貸してくれ」

「承知した」

大きく頷いたプラヴァスが移動しようとした瞬間、フレーヤが手を挙げて問う。

「わたしにも馬を貸していただけないでしょうか！　わたしも戻って報告をしないといけないので」

「そういえば君はリクと一緒に居た騎士……」

「こいつはエラトリアの騎士でな。協力してもらっていたんだ」

「そういうことか……分かった、途中まで一緒に行こう」

「お願いします！　……あ、ハリヤーはダメですからね！　テッド君のところに戻ってくださいよ」

ハリヤーは自分がまた行くのだろうと思っていたらしく、がっくりと頭《こうべ》を垂れてリーチェと夏那に苦笑されていた。

その後、プラヴァスが風太達に魔法を教えていたルヴァンという女性を見つけて経緯を説明し、姫さんの介抱《かいほう》や城の内情を調査することになった。

女性は無事な者が多かったが、男の兵士や騎士は結構な数が居なくなっていた。女は魔物の苗床《なえどこ》にでもするつもりだったか、生贄か……ってところだろうな。正確な数は不明だが、大多数がアキラスに殺《や》られたと思っていいだろう。

「……」

「どうしたの、リク？」

「どこか怪我でも？」

夏那と水樹ちゃんが聞いてくるが、俺は詳しくは語らなかった。

「いや、なんでもねえよ」

ともあれ、高校生三人が心身共に無事でよかった。フレーヤとプラヴァスを見送りながら俺はそう思うのだった。

◆◇◆

――プラヴァスが戦争を止めるために町へ向かったが、事態は結構マズイことになっていたらしい。

騎士団長のうち、あのいけ好かない赤い髪の男が魔族化していて、騎士達も数十人が同じく魔族となってしまい、駐留《ちゅうりゅう》していたミシェルの町で暴れ回っていたって言うぜ。

さすがにプラヴァスともう一人の騎士団長に騎士達が居るのでことなきを得たが、二人共いとも容易《たやす》く魔族化されてしまうことに戦慄《せんりつ》を覚えていた。

そのあたりは俺が居た異世界と同じで、奴らは少しでも隙を見せると侵食してくる。特に欲をくすぐり、そこから付け入る手口が巧妙《こうみょう》かつ悪質なのだ。

エピカリスの姫さんが乗っ取られた時もそんな感じで、親父さんである国王が病気と知って気が弱くなってしまったところを狙われたらしい。

どうやって入り込んだのか？　医者に化けたか、鳥になって近づいたか……やりようは色々あるからそのあたりだろう。

聞けばこの五十年、魔族の攻撃を受けている国はそれなりにあるが、内部にまで入り込まれたケースはここが初めてかもしれないとのこと。

そして、幹部クラスであろうアキラスを倒したことで魔王達の選択肢が二つできたことになる。

それは人間が存外強力で警戒するか、もしくは今のうちに攻めておこうと考えるかだ。

……後者の場合、まず主戦場になるであろうこのロカリスとエラトリアは特に注意しなければいけねえだろうな。

問題は『勇者召喚』が成功していることを、魔王側が知っているかどうかに尽きる。

ああ、エラトリアの騎士達は、フレーヤとプラヴァスが一番前線で待機しているニムロスへ接触して停戦が告げられ、早々に引き揚げたと聞いた。

親友だってことだし、プラヴァスなら早く片付けることができたろう。フレーヤも無事に帰せたし、これでひとまず……そう、ひとまずの解決となった。

お人好し少年が育てることになったのは めちゃかわ

最強 ちびドラゴン!

◆定価:1320円(10%税込) ◆ISBN:978-4-434-31646-3 ◆Illustration:有村

この作品に対する皆様のご意見・ご感想をお待ちしております。
おハガキ・お手紙は以下の宛先にお送りください。

【宛先】
〒150-6008 東京都渋谷区恵比寿 4-20-3 恵比寿ｶﾞｰﾃﾞﾝﾌﾟﾚｲｽﾀﾜｰ 8F
（株）アルファポリス　書籍感想係

メールフォームでのご意見・ご感想は右のＱＲコードから、
あるいは以下のワードで検索をかけてください。

アルファポリス　書籍の感想　検索

ご感想はこちらから

本書は Web サイト「アルファポリス」（https://www.alphapolis.co.jp/）に投稿されたものを、
改題、改稿、加筆のうえ、書籍化したものです。

異《い》世《せ》界《かい》二《に》度《ど》目《め》のおっさん、どう考《かんが》えても高校生勇者《こうこうせいゆうしゃ》より強《つよ》い

八神 凪（やがみ なぎ）

2023年　2月　28日初版発行

編集－高橋涼・矢澤達也・芦田尚
編集長－太田鉄平
発行者－梶本雄介
発行所－株式会社アルファポリス
〒150-6008 東京都渋谷区恵比寿4-20-3 恵比寿ｶﾞｰﾃﾞﾝﾌﾟﾚｲｽﾀﾜｰ8F
TEL 03-6277-1601（営業）　03-6277-1602（編集）
URL https://www.alphapolis.co.jp/
発売元－株式会社星雲社（共同出版社・流通責任出版社）
〒112-0005 東京都文京区水道1-3-30
TEL 03-3868-3275
装丁・本文イラスト－岡谷
装丁デザイン－AFTERGLOW
印刷－中央精版印刷株式会社

価格はカバーに表示されてあります。
落丁乱丁の場合はアルファポリスまでご連絡ください。
送料は小社負担でお取り替えします。

ISBN978-4-434-31649-4 C0093